PROLOG

Det var den 28 augusti 2005.

Håkans och Lenas son Fredrik hade fyllt tre år en vecka tidigare och, eftersom han tjatat om husdjur ända sedan han började prata, hade han fått ett par marsvin i present. Två stycken, och han hade redan fäst sig vid dem otroligt mycket.

Det var dock Håkan och Lena som skulle turas om att städa buren åt dem, vilket var Lenas tur denna kväll.

Städningen denna gång resulterade i två påsar skräp.

Det var sent på kvällen. Håkan stod i duschen och Fredrik hade somnat för flera timmar sedan.

-Håkan, jag går ut med soporna, ropade hon in i badrummet i den 60-talslägenhet på Sädesbingen i stadsdelen Kronogården i Trollhättan som de bodde i.

-Okej, svarade han tillbaka. Var inte ute för länge bara, då hinner jag börja sakna dig!

Hon skrattade tillbaka.

De var fortfarande nästan nykära fast de bägge var mellan 35 och 40 år gamla och hade varit ett par sedan tio år tillbaka.

När de väntade Fredrik för några år sedan så hade de passat på att gifta sig, på midsommarafton 2002. De gifte sig i Gammelstads Kyrka utanför Luleå där de bodde innan, men valde att flytta till Trollhättan mitt mellan bröllopet och Fredriks födelse, bara för att komma närmare Håkans föräldrar.

Dels hade de längtat efter barnbarn och dels skulle de underlätta för dem med barnpassning ifall det behövdes och Fredrik hade blivit erbjuden ett toppjobb inom kommunen, en tjänst han alltid drömt om.

Hon hörde honom kliva ur duschen samtidigt som hon stängde dörren bakom sig och gick de tre trapporna ner till porten.

De närmaste sophuset låg 75 steg från porten och samtidigt som hon slängde soporna hörde hon fotsteg bakom sig och vände sig om.

-Nämen Håkan! Försöker du skrämma mig? Jäklar så snabbt du klädde dig! Men vi får skynda oss in igen. Fredrik är ju ensam nu, tänk om han vaknar…

Sekunden senare small det till och svartnade för hennes ögon. När hon öppnade ögonen igen såg hon bara vitmålade betongväggar och en stor dörr av stål på ena väggen.

Hon kom aldrig hem igen.

© Mathias Tillberg 2017
Förlag: BoD – Books on Demand, Stockholm, Sverige
Tryck: BoD – Books on Demand, Norderstedt, Tyskland
ISBN: 978-91-7699-460-3

Måndag 28 november 2016

Klockan hade passerat 16:00 och det var kallt i Trollhättan denna eftermiddag, dagen efter första advent. Julen var på väg.

Håkan beställde en kopp kaffe och en mazarin till sig själv.

Sonen Fredrik fick en apelsinläsk och en chokladboll. Helt enligt önskemål.

Det var inte första gången de fikade på konditoriet på Hjortmossen i Trollhättan. Tvärtom.

Ända sedan Lena, Håkans fru och Fredriks mamma, försvann veckan efter Fredriks treårsdag för elva år sedan hade just detta konditori varit ett ställe de besökt regelbundet. Det hade varit Lenas favoritkonditori, pga deras alltid så färska och fantastiskt goda fikabröd, och Håkan sett besöken där som ett sätt att inte glömma henne.

Fredrik var 14 år nu. Han mindes egentligen inte så mycket av sin mamma. Men han hade ett helt fotoalbum med foton nästan bara på henne. Mest med henne och honom tillsammans.

-Här kan vi sätta oss, sade Håkan. Det här var din mammas favoritplats. De har bytt bord sedan dess, men det var ungefär här vi satt.

-Ja du säger det nästan varje gång! svarade Fredrik. Inte irriterat, snarare med ett leende. Han gillade att påminnas.

Det hade varit tufft för Håkan att ta hand om Fredrik ända sedan han var liten och fixa med precis allt vad det innebar som ensam förälder samtidigt som sorgen efter Lenas försvinnande ständigt malde i bakhuvudet.

Lena hade dödförklarats förra året, tio år efter sitt försvinnande. Allt hade kanske varit lättare om de haft en grav att gå till. Eller inte. Det kunde han inte veta. Men hursomhelst så hade de inte det. Någon plats att gå till.

Steven såg dem gå in på fiket.

Han satt utanför i bilen och spanade.

Han visste att de skulle hit, just idag och just den här tiden, han hade haft drygt 4000 dagar på sig att kartlägga dem, följa dem, spana på dem. Och han kom fortfarande ihåg första dagen. Håkan hade varit lätt att känna igen. För enkelt, nästan.

Hade han velat döda dem så hade han gjort det för längesedan.

Men det var fel ände att börja i. Han hade andra delar att ta tag i först.

Han startade motorn och begav sig mot Överby. Han behövde rep, arbetshandskar, tändstickor och några saker till. Allt skulle som vanligt betalas kontant. Inga digitala spår fick lämnas efter honom. Inga alls.

Han fanns dessutom inte ned i några svenska register överhuvudtaget.

Han var född och uppvuxen i en liten stad i västra USA.

Flera år som såväl marinsoldat, CIA-agent och sedermera legosoldat hade gett honom mycket erfarenhet som han tog med sig när han flydde från ett riktigt vidrigt inbördeskrig i mellersta Afrika och begav sig till Sverige.

Han hade smugglats in i ett lastbilssläp och allt han hade med sig var de kläder han hade på sig samt en säck kontanter - allt i US-dollar som han med enkelhet växlade in mot svenska pengar på ett växlingskontor inne i stan då och då. Men han gjorde det inte själv, bara för att undvika kameror och risken att behöva visa ID-kort. Istället lejde han en av ortens missbrukare mot fem procent av växlingsbeloppet.

Det höll på att skymma ute, men klockan var inte mer än 16:00.

Håkan och sonen Fredrik stannade till på en matvarubutik på Håjums industriområde på vägen hem. Det behövdes mjölk, bröd och fil till frukosten dagen efter.

När de kom hem till villan i bostadsområdet Sandhem körde Håkan in bilen i garaget. De skulle antagligen inte ut mer idag, inte vad han hade planerat i alla fall.

En stor pöl utspilld olja på betonggolvet precis innanför tröskeln i garageinfarten störde honom. "Måste ta hand om skiten snart", tänkte han för sig själv. "Men inte nu".

De hjälptes åt att bära in kassarna med mat och Fredrik skyndade sig som vanligt in på sitt rum för att starta datorn medan Håkan stod ensam kvar i köket och lastade in i kylskåpet.

Det var dags att ta kväll. Han startade kaffebryggaren och sjönk sedan ned i TV-soffan i vardagsrummet.

Hemma hos Håkans föräldrar Berndt och Birgitta i Strömslund, en annan del av Trollhättan, rådde lugn denna måndagskväll.

De hade haft middagsgäster, Kaj och Gunilla, ett annat pensionärspar som de umgicks med varje måndag. Varannan måndag åt de middag hemma hos Berndt och Birgitta och varannan måndag hemma hos Kaj och Gunilla.

Efter middagen somnade de bägge två framför TV:n. Berndt i soffan, Birgitta i fåtöljen.

Vid 22-snåret vaknade Berndt upp av ett ljud han inte visste var de kom ifrån. Det lät i alla fall som något som knakade ute på altanen, men när han väl kommit dit för att titta så såg han ingenting där ute. "Det var nog bara inbillning", tänkte han. Så han gick ut i köket för att diska.

Steven apterade en sprängladdning på husets norra långsida, och en på östra kortsida, precis under ett frostat glasfönster till vad som mest troligt var badrummet. Den sista sprängladdningen fäste han i fönsterkarmen mitt på glaspartiet på altanen. Han såg de två sova framför TV:n innanför fönstret, så han visste att han måste vara försiktig. Precis när han gick därifrån såg han hur mannen i soffan började röra på sig så han ilade snabbt därifrån.

Sprängladdningarna hade fjärrutlösare. Han skulle lösa ut dem med hjälp av den kontantkortsmobil med oregistrerat sim-kort, som han skaffat enbart för detta. Men det skulle han vänta med en timme. Då hann han själv komma på behörigt avstånd, och om någon råkade se honom i området, så skulle de inte tänka på någon de sett en hel timme innan smällen.

Birgitta vaknade när Berndt skramlade med tallrikarna i köket medan han diskade. Hon gick ut till honom.

-Hej min duktiga älskade gubbe! sade hon.

-Hej! Har du sovit gott? svarade han och log. Jag tänkte fixa bort disken och sedan väcka dig när det var dags att sova.

-Haha, sova nu? Nä nu är jag för pigg för att kunna somna. Kan vi inte ta en liten kvällspromenad innan vi knyter oss?

-Visst! Jag ska bara diska klart.

Tio minuter senare var de på väg ut. Birgitta knöt ihop soppåsen, och Berndt bar den när de gick ner för stentrappan från husets entrédörr. Birgitta gick bredvid och höll honom i armen för att inte trilla om det var halt på antingen trappan eller gången ner mot soptunnan, och hon släppte inte taget förrän han skulle lägga i påsen.

Han öppnade locket, lade ner påsen, ett pipljud lät från husväggen, och precis när han stängde locket på soptunnan sade det PANG. När röken lagt sig en minut senare så kunde man se att halva huset rasat ihop.

På gatan låg två medvetslösa pensionärer med blod i ansiktet och trasiga kläder.

De första sirenerna från utryckningsfordon hördes efter cirka tre minuter och efter tio minuter var hela kvarteret ett disco av blått blinkande lampor.

Steven kom tillbaka till källaren i det helt tomma hyreshuset i utkanten av stan ganska sent på kvällen.

Huset hade stått tomt i femton år eftersom det ansågs otjänligt att bo i och fastighetsägaren hade inga planer på att renovera det heller.

Steven hade fått lov att härbärgera i källaren mot en mindre summa pengar som han betalade till fastighetsägaren varje månad för att ha igång kall och varmvatten, samt elektricitet. Steven tog sig även an uppgiften att försöka få huset att se mer eller mindre bebott ut för att hålla obehöriga från att vandalisera fastigheten.

Det hängde gardiner i varje fönster, och där fanns även blomkrukor. Givetvis med blommor av plast, men ändå. Steven gick även ett par rundor per dygn för att tända eller släcka lampor i de olika lägenheterna. Han kom åt bägge trapphusen från varsin dörr i källargången så han behövde inte visa sig utomhus mer än nödvändigt.

När han gick släckrundan denna kväll så kände han sig nöjd med kvällen.

Han hade ringt och utlöst sprängladdningarna för en liten stund sedan så nu var Berndt och Birgitta borta. Två av de människor som gjort honom mest ont. Han hade vetat sanningen i femton år nu, och efter tolv år i Sverige, utan att någon visste att han överhuvudtaget existerade, så skulle hans slutliga planer börja skrida till verket.

"Att verka utan att synas" var ledorden.

Berndt och Birgitta hade förstås vetat om hans existens. Men de kunde knappast veta om att han var i Sverige. Och de hade inte sett honom sedan han var nyfödd.

Nere i källaren tittade han till kvinnan han hade inlåst i skyddsrummet. Hon sov nu.

Han hade haft henne i sitt våld i över 4000 dygn nu.

Ibland var hon vaken ett par dagar men hon vägrade oftast äta. Hon hungerstrejkade med motiveringen att hon hellre skulle dö än att fortsätta leva instängd i denna källare. Den här gången hade hon dock ätit upp den mat han hade serverat.

De sjukvårdskunskaper han fått i sin tidigare karriär gjorde att han kunde hålla människor nedsövda längre perioder och hålla dem vid liv genom att de fick näring via dropp. Allt han behövde till detta köpte han nere i Göteborg av en hälare. Narkosmedel, droppåsar, nålar, slangar, sprutor m.m.

Värmen i skyddsrummet kom från två kupévärmare som gick större delen av dygnet, åtminstone under vinterhalvåret.

Kvinnan hade försökt rymma i början men insåg snabbt att det var lönlöst. Väggarna var tjocka och den tunga dörren var ordentligt reglad från utsidan. När Steven var där kopplade han alltid fast henne i handfängsel oavsett om hon var vaken eller om hon sov.

Han reglade dörren hårt från utsidan även denna gång, innan han lade sig ett angränsande rum för att själv sova några timmar.

Tisdag 29 november 2016

Håkan hade som vanligt ställt klockan på 07:00 och började med att ta en snabb dusch innan han väckte Fredrik en kvart senare. Då hann de även äta frukost tillsammans innan de åkte hemifrån vid åttatiden.

Så gjorde de alltid. Då kunde Håkan släppa av Fredrik på skolan innan han själv åkte vidare till jobbet.

Den här morgonen var de lite sena och i stressen på väg till bilen i garaget höll Håkan på att halka omkull i oljepölen som han fortfarande inte hunnit torka upp.

"Jävlar", tänkte han högt.

Fredrik påminde honom om att inte svära och flinade stort.

De hann bara backa ut bilen innan telefonen ringde. Det var någon som presenterade sig som akutsköterska Annika Larsson på NÄL, sjukhuset mellan Trollhättan och Vänersborg.

-Är det du som är Håkan Lind? frågade hon.

-Ja, det stämmer, svarade han. Vad gäller det? Jag är på väg till jobbet så det är lite brått…

-Du står som närmast anhörig till Berndt och Birgitta Lind. Vi önskar att du skulle kunna komma in hit till akuten.

-Vad har hänt?? flämtade Håkan i luren.

-Kom in hit bara så får vi prata på plats, sade Annika.

-Ok, jag kommer direkt, sade Håkan. Jag ska bara lämna sonen på skolan, så kommer jag!

De avslutade samtalet och tjugo minuter senare parkerade han bilen på parkeringen utanför akuten, betalade parkeringsavgift fram till lunch och gick in.

Steven hade sovit gott inatt. Han mådde bra inombords av att ha sprängt huset och paret Lind i bitar. Glädjen och välbefinnandet byttes dock strax till skam och vrede, då han bläddrade in på lokaltidningens webbsida för att läsa nyheterna.

"Vid 22:45-tiden på måndagskvällen larmades polis och räddningstjänst till en villa i Strömslund pga någon form av explosion i eller vid fastigheten. Vid ankomst upptäcktes två

Hur fan kunde han misslyckas? Det var ju så säkert, tänkte han. De var ju i huset, och de satt och sov, det såg han tydligt. De borde inte ha klarat sig. Och hur kom de ut på gatan? Gick de ut innan jag utlöste sprängladdningarna? De kan inte ha flugit ut i smällen....

Nu skulle allt arbete med hämnden försenas.

Han gick in till kvinnan i skyddsrummet. Hon var vaken. Men som vanligt sade hon inget. Hon tittade inte ens på honom. Han sade inget till henne heller. Han ställde fram en tallrik med havregrynsgröt och sylt samt en plastmugg med mjölk samt en påse med frukt.

Sedan låste han dörren till skyddsrummet från utsidan och gav sig av till sitt eget rum för att läsa en bok. Både för att skingra tankarna av att ha misslyckats med något så enkelt och för att avvakta tills han visste mer om hur makarna Lind mådde.

Sjuksköterskan som hade ringt tog emot Håkan vid receptionen på akuten och bad honom följa med till ett rum ett tjugotal meter innanför glasdörren som skilde akutens reception från själva avdelningen.

-Varsågod och sitt, sade hon med mjuk röst.

-Vad är det? Har det hänt mina föräldrar något? frågade Håkan stressat. Han satte sig inte. Han ville ha svar. Snabba svar.

Det visade sig att både Berndt och Birgitta mådde förhållandevis bra, så bra det gick med tanke på omständigheterna. De hade fått sina sår omplåstrade och hade lyckats sova under natten, men de skulle hållas kvar för observation ett par dagar.

Håkan fixade in lite fika till deras sal från sjukhusets restaurang och de hann prata en stund innan en polisman som såg lite besvärad ut knackade på dörrposten och klev in.

-Håkan? frågade han.

-Ja, det är jag det, svarade Håkan.

-Du måste följa med till stationen. Det är bra om vi kan åka direkt…

-Varför då?

-Det tar vi när vi kommer fram, förundersökningsledaren vill prata med dig.

Håkan avslutade samtalet med sina föräldrar och lovade att komma tillbaka så snart han kunde. Sedan följde han med den nervöse polismannen ut och vägrades att ta sin egen bil. Han fick dock möjlighet att förlänga tiden för parkeringen så att han inte behövde hämta bilen förrän framåt kvällen. Han ringde även sin chef och förklarade olyckan hans föräldrar råkat ut för och att han förmodligen inte skulle komma in på jobbet denna dag.

Förhoppningsvis hade de inte klarat natten. Han skulle inväntada kvällens nyhetssändningar för att få veta mer om hur det hade gått. Även om de hade stått precis utanför huset så skulle ingen överleva så kraftiga sprängladdningar. Möjligen om de var 15-20 meter från huset, men inte i direkt anslutning till de ytterväggar där detonationerna skedde.

Boken han skulle läsa under dagen ledsnade han på ganska snabbt och bestämde sig för att fördriva dagen med att städa lite, både i det rum han själv sov i och i skyddsrummet där han "förvarade" sitt offer - kvinnan som lika gärna kunde ha varit hans fru och inte Håkans, om inte historien sett ut som den gjorde.

"Allt mitt är ditt" var något han tänkte när han tänkte på Håkan.

Allt som Håkan varit med om, fått i både upplevelser och i fysiska ting, skulle han ha fått vara med och dela på, om det inte var att livet tog en annan vändning strax efter att de bägge släppt nappflaskorna för första gången.

Nu hade det gått nästan 50 år. Han hade mycket att ta igen, tänkte han medan han svabbade golvet i skyddsrummet.

Kvinnan tittade inte åt hans håll nu heller. Hon hade inte rört varken gröten eller frukten. Mjölken hade hon dock druckit upp.

Inne på polisstationen blev Håkan invisad i ett rum längst ner i en korridor. Det tog fem minuter innan någon kom in i rummet där han satt, och det var inte den polisman som hämtat honom på NÄL, sjukhuset.

Mannen presenterade sig som förundersökningsledare Gösta Nilsson.

-Vet du varför du är här?

Håkan funderade i några sekunder innan han svarade.

-Egentligen vet jag inte, men ni kanske vill veta om jag vet något om det som hänt mor och far?

-Precis. Vi vill höra dig upplysningsvis om mordförsöket på dina föräldrar. Till att börja med vill jag fråga dig - vad gjorde du igår ikväll mellan 18:00 och 23:00?

-Jag var hemma med min son. Det kan ni kolla med honom när han kommer från skolan. Han slutar klockan 14:30.

-Det har vi redan gjort. Han berättade att ni kom hem från affären 18:30, sedan gick han in i sitt rum och han hörde att du startade TV:n kring 19:00. Det vet han eftersom det första han hörde var introt till TV4-nyheterna. Han tror att du låg i TV-soffan hela kvällen, men han kan inte intyga det eftersom han själv satte på sig hörlurar precis efter att nyhetssändningarna startade och spelade dataspel fram till midnatt då han gick och borstade tänderna, då var TV:n avstängd och du låg i din säng och snarkade.

-Va? Har ni pratat med min son? Utan att fråga mig om lov först? Det måste ni, han är inte myndig ännu…

-Vi får. Så länge vi bara ställer en fråga. Det var inget som vi skulle kalla för förhör. Så, har du någon annan som kan intyga att du var hemma hela tiden?

-Nej. Men det var jag. Jag har ingen anledning att ljuga…

-Du har nyligen bråkat med dina föräldrar. Vad handlade det om?

-En skitsak bara. Det är inget jag skulle ta livet av dem för… vi hade bara en dispyt om en sak i min barndom. Och jag skulle inte kalla det för bråk, snarare en diskussion.

-Vad?

-Att jag på något sätt kände mig "halv" medan jag växte upp, som att det saknades något. Men det är ju 40-50 år sedan, och jag tror att vi redde ut det.

-Okej. Nå ja. Nu är det i alla fall så att vi tänker anhålla dig för mordförsöket på dina föräldrar. Ett vittne påstår att du smugit runt Berndts och Birgittas hus en stund innan explosionen.

-Va? Det är ju mina föräldrar för guds skulle, jag skulle aldrig…

En stund senare satt han inlåst i arresten och socialen fixade någonstans för Fredrik att bo till dess att detta var utrett ordentligt.

-Tror du Håkan kommer tillbaka snart? frågade Birgitta.

-Ja han skulle ju komma så snart han kunde, svarade Berndt.

-Då får han skynda sig, vi åker ju härifrån snart.

Klockan var 16:00 och de skulle snart skrivas ut från avdelningen på sjukhuset. Försäkringsbolaget hade redan fixat med hotellrum åt dem i Vänersborg, en akut lösning medan samma försäkringsbolag sökte efter en lägenhet de kunde bo i tills villan i Strömslund var återställd efter ödeläggelsen.

Det kom som en chock för dem när Gösta Nilsson visade sig precis när de klätt sig och skulle åka och de just då fick veta att deras son var anhållen för mordförsöket på dem.

Huruvida det kunde vara möjligt eller inte var något de diskuterade hela kvällen på hotellrummet. Ingen av dem kunde förstå och ingen av dem kunde riktigt ens tro på det de hört. Håkan skulle aldrig ha någon anledning till att försöka ta livet av dem. De hade inte ens särskilt mycket pengar, det hade de aldrig haft, så det saknades till och med motiv som arv och liknande. Och bråkat hade de aldrig gjort. De hade kanske haft en och annan diskussion med Håkan, men aldrig av så allvarlig grad att Håkan skulle hata dem för något.

Innan de somnade kom de fram till att det bara var att avvakta och se. Trygghet i att socialtjänsten ordnat någonstans att bo för Fredrik under tiden gjorde dem en aning lugnare.

Det blev inte att kolla nyheterna på kvällen.

Kvinnan hade börjat klaga och jämra sig på eftermiddagen.

Hon hade ont.

De sjukvårdskunskaper han besatt gjorde att han klarade enklare operationer och det han misstänkte att hon led av just nu skulle inte vara något problem. Tvärtom. Det skulle vara en barnlek att söva ner henne, sprätta upp henne, plocka ut blindtarmen och sedan sy ihop henne igen. Han tänkte på henne som på en djurkropp i det här läget - det var djur han hade fått öva på under sjukvårdsutbildningarna han fått. Människor karvade han i med kniv enbart i skarpt läge, endast då det var nödvändigt.

Han såg till att hon fick tillräckligt med narkos för att sova hela natten. Sedan satte han igång och det var överstökat på 45 minuter, men han stannade kvar i skyddsrummet för att vaka över henne, så hon inte skulle röra sig för mycket i sömnen, då kanske såret skulle gå upp och så skulle hon förblöda istället.

Hon hade inget värde som död, så han var tvungen att göra allt han kunde för att hålla henne vid liv.

Hade han lyckats i mer än 4000 dygn så skulle han lyckas några veckor till. Tills han helt säkert fått sin hämnd.

Britsen i arresten var hård. Det var svårt att somna. Dels för att det var obekvämt och dels pga alla tankar som snurrade i huvudet.

Hur tusan kunde de tro att han försökt mörda sina föräldrar?

Kunde mamma och pappa tro på anklagelserna?

Var befann sig Fredrik nu? Vad trodde Fredrik om sin pappa nu?

Till slut somnade Håkan, men klockan var närmare 02:00 när han försvann in i drömmarnas värld. Och de drömmar han drömde hade han lika gärna kunnat vara utan.

Onsdag 30 november 2016

Berndt och Birgitta vaknade tidigt och gick ner till hotellrestaurangen för att få i sig lite frukost. De sade inte så mycket till varandra, men de tänkte, funderade, grubblade, mest troligt på precis samma saker.

Klockan hade passerat 08:00 när de lämnade bordet och precis när de kommit tillbaka till hotellrummet ringde deras handläggare på försäkringsbolaget. Det blev meddelade att det inte fanns några evakueringslägenheter att tillgå, men de skulle erbjudas ett rum på ett vandrarhem i Vargön ifall de inte kunde finna ett lämpligt tillfälligt boende på egen hand.

Hade det inte varit så att sonen, Håkan, suttit anhållen för mordförsöket på dem, så hade de förmodligen frågat om de kunde bo hos honom. Även om de bägge två tvivlade på att han låg bakom det, så var situationen sådan just nu.

Så de tackade ja till rummet på vandrarhemmet.

Senare samma förmiddag var de på plats.

I arresten väcktes Håkan klockan 07:20 och tio minuter senare fick han frukost.

Nya förhör väntade under dagen och han skulle självklart neka till alla anklagelser. Han var ju oskyldig. Han kunde inte begripa hur någon kunde peka ut honom till att ha smugit runt sina föräldrars hus strax innan det exploderade.

Hon kvicknade till nu på morgonen och hennes smärtor var borta. Men hon vägrade fortfarande titta på Steven. Däremot uttryckte hon ett kort "tack" följt av "hungrig".

Han ställde fram gröt och frukt precis som vanligt. Hon började äta redan innan han lämnat skyddsrummet och börjat låsa från utsidan.

Nu visste han att Berndt och Birgitta överlevt, att de inte alls varit så allvarligt skadade som media först verkat vilja påskina genom att skriva att "livräddande åtgärder sattes in omedelbart". Förmodligen hade de redan fått lämna det stora sjukhuset i gult tegel.

Var skulle de bo nu? Antagligen inte i huset. Och fler barn än Håkan hade de inte. Så gissningsvis skulle de bo hos honom medan huset renoverades.

Steven bestämde sig för att bege sig dit så fort det blivit natt. Överraska dem i sömnen. Det är det bästa om man vill att offret ska bli handlingsförlamat och inte göra så mycket motstånd. Nu skulle repet och arbetshandskarna han köpte på Överby häromdagen komma väl till pass.

Hur huset såg ut visste han redan. Under de sju år som Håkan och Fredrik bott i huset hade Steven passerat många gånger. Han kunde därför planera nattens aktivitet utifrån det.

Bland annat visste han att sovrummen låg i västra gaveln och garaget i den östra. Från garaget fanns en mellandörr som ledde in till tvättstugan och sedan vidare in i resten av huset. Så han skulle gå in via garaget.

Förhören blev inställda idag. Gösta Nilsson var upptagen med nya förhör med vittnen på förmiddagen och efter lunch kom han inte tillbaka. Vård av barn. Hans fru, som var advokat, var upptagen med en vårdnadstvist i tingsrätten så hon kunde inte ta det. Nästa förhör med Håkan fick således skjutas upp till torsdagen.

Håkan tänkte på Lena. Han undrade på vad hon skulle sagt om detta. Hon brukade vara så klok.

Han sörjde enormt efter att hon försvann men gav efter ett år upp hoppet om att hitta henne vid liv, efter två år gav han även upp hoppet om att hitta henne död.

Han saknade henne. Han hade behövt henne nu. Fredrik hade också behövt henne nu. Alla behöver en mamma.

Kvällen hade kommit. Berndt och Birgitta gjorde sig klara för natten på vandrarhemmet.

De pratade fortfarande inte så mycket med varandra. De höll sig mest på varsin kant och grubblade.

Steven svängde in på gatan i bostadsområdet Sandhem i Trollhättan, den gata där Håkans villa fanns.

Han parkerade längs med gatan, 50 meter innan han var framme, och gick den sista biten.

Lamporna i huset var släckta, förutom en fönsterlampa i köket, så han förmodade att alla i huset sov nu. Oavsett vem som sov i vilket rum så hade han en plan för hur han skulle gå tillväga och för varje tänkbart scenario skulle bara Berndt och Birgitta dö. Håkan och

Fredrik måste överleva. I alla fall Håkan. Eftersom Steven "inte existerade" så var Håkan den som skulle skuldbeläggas, dömas, etc, bland annat för föräldrarnas död.

Låset i garageporten var låst, men det var lätt att dyrka upp. Det gnisslade när han öppnade porten och han höll tummarna för att ingen skulle vakna.

Några sekunder senare trippade han snabbt in och samtidigt som han kände fötterna svepas undan från marken kände han doften av motorolja. Sedan small det rejält när han slog bakhuvudet i betonggolvet.

När han satte sig upp kände han hur det började sippra blod ur såret, som sedan rann ner för nacken och gjorde kragen på jackan blöt.

Han blev tvungen att avbryta sitt nattliga äventyr. Innanför en dörr slet han till sig en skjorta att hålla mot såret för att stoppa blödningen och halvsprang tillbaka till bilen.

Nu spelade det inte någon roll om de vaknat. Han skulle ändå inte dit igen. I alla fall inte i natt.

Torsdag 1 december 2016

Förhöret gick snabbt idag och det var nästan bara Gösta Nilsson, förundersökningsledaren, som pratade.

Håkan fick nästan inga frågor alls.

-Vi har positiva besked när det gäller dig, började Gösta. Du är inte anhållen längre och är fri att gå efter det här samtalet. Vi har pratat med vittnet igen, och hen var övertygad om att den som hen mötte, och trodde vara du, var kortsnaggad. Du har halvlångt hår, eller åtminstone inte halvcentimeterlångt. Gärningsmannen var dessutom vältränad, muskulös, jämfört med dig. Det var alltså bara ansiktet som liknade dig och fick hen att tro att det var dig som hen mötte.

-Skönt, sade Håkan. Men vem var det då?

-Det var det jag just nu tänkte fråga dig om du vet vem det är. Känner du till någon som är lik dig i ansiktet och stämmer in på muskulös och kortsnaggad, som kan tänkas vilja dina föräldrar något ont?

-Nej… tyvärr. Kan jag åka nu? Och var är min son?

-Han är i skolan. Socialtjänsten är meddelad och du kan hämta honom i skolan när han slutar. Du kan åka hem och vila ett par timmar om du vill. Jag vet att man inte sover så bra på sängarna i arresten…

Håkan reste sig, begav sig ut till receptionen, kvitterade ut sina personliga tillhörigheter och lämnade polisstationen utan att se sig om. Det var ändå inte mycket att se. Polishuset i Trollhättan var Sveriges i särklass fulaste polishus. Om man bortser från det i Luleå, som han sett på TV en gång i TV-programmet "Landet runt".

Sedan kom han på att hans bil stod kvar uppe på NÄL, och funderade på om han skulle gå in på polisstationen igen och be dem köra honom dit eller om han skulle ta bussen. Han beslöt sig för bussen. Just nu ville han inte ha med polisen att göra överhuvudtaget.

Steven hade knappt sovit något inatt. Huvudvärken efter fallet på betonggolvet i Håkans garage var enorm. Blödningen upphörde efter en stund, men han hade förlorat en del blod.

Kvinnan i skyddsrummet hade han sövt ner och kopplat in droppslangen. Hon skulle nog sova ett tag nu. Själv skulle han passa på att vila så mycket som möjligt.

Han kände sig även tvungen att inom kort planera en resa till Göteborg. Sjukvårdsprylarna började ta slut. Åtminstone dropp och sömnmedel.

Berndts telefon ringde. Oavsett vem det var så uppmärksammade Birgitta att han både lät och såg glad ut under samtalet.

När han lagt på så förklarade han.

-Det var Håkan som ringde. Det var inte han som försökte ta livet av oss. Han är frisläppt nu, och avskriven från alla misstankar. Han kommer ut hit till Vargön och besöker oss tillsammans med Fredrik i eftermiddag, så snart Fredrik slutat skolan. Nu sitter han på bussen på väg till sjukhuset för att hämta sin bil och sedan skulle han åka hem och vila ett par timmar.

-Åh så skönt, sade Birgitta. Jag trodde inte för en sekund att han skulle försöka göra något så dumt mot oss. Men något gnager inom mig. Som om jag har en känsla av att veta vem det är…

-Det där har vi redan pratat om, sade Berndt. Det kan inte vara Stefan. Han var så liten då, han kan omöjligt känna till oss, han var ju knappt två år när han flyttade utomlands med sina adoptivföräldrar.

-Du har nog rätt, försökte Birgitta trösta sig själv med att säga. Du har nog rätt.

Håkan klev av bussen vid huvudentrén utanför NÄL. Det blåste kallt, så han försökte småspringa lite mot sin bil 200 meter bort för att hålla värmen, men kände direkt att han var alldeles för stel efter nästan två dygn på sex kvadratmeter.

Framme vid bilen såg han inte direkt den gula lappen som var fäst under den ena vindrutetorkaren. Men när han satt sig bakom ratten så gjorde han det.

Han svor en lång ramsa. Parkeringsböter. Eller "kontrollavgift" som sjukhusets bevakningsbolag ville kalla det. 300 spänn för att inte ha erlagt rätt avgift för parkeringen.

Han slet till sig det gula pappret och mosade ner det i plånboken och lämnade sedan området för att åka hemåt.

Han kunde inte bestämma sig för om vägen över Stallbackabron eller via centrum var närmaste vägen hem. Han bedömde att det gick jämnt ut, så han valde Stallbackabron. Det var i alla fall 70-väg större delen av vägen, så det kändes som om det var den snabbaste vägen hem oavsett sträcka.

När han tretton minuter senare svängde in på garageuppfarten såg han direkt att något var galet.

Han kom mycket väl ihåg att han låste garageporten ordentligt i tisdags morse, trots att telefonen hade ringt samtidigt som han backade ut bilen. Nu stod porten på glänt.

Med mordförsöket på sina föräldrar i åtanke så kände han sig rädd själv för första gången. Han ringde polisen direkt och klev inte ens ur bilen förrän den första polisbilen kom efter 35 minuter. Det var samma polisman som körde honom från NÄL till polisstationen.

-Har du varit in själv ännu? frågade polisen.

-Nej, jag har inte vågat ifall någon är kvar, svarade Håkan. Du vet ju att mina föräldrar utsattes för mordförsök häromdagen. Jag vet ju inte om det är samma person…

-Jag förstår. Bra! Vi går in först och så hämtar vi dig när vi säkrat huset.

-Säkrat?

-Kollat igenom så att ingen är kvar, betyder det, sade polisen.

Det tog ungefär fem minuter och sedan öppnades ytterdörren på husets framsida inifrån. Det var en av de andra poliserna.

-Du får komma in den här vägen. Vi vill inte ha några spår i garaget förstörda.

Det verkade som att den som gjorde inbrottet inte varit längre in än till tvättstugan, av oljefläckar efter skor samt blodspår att döma. Gärningsmannen verkade dessutom ha varit ensam och ute i garaget, vid den stora oljefläcken som han tydligen halkat i, fanns en ganska stor blodfläck på golvet.

Poliserna skrapade upp en del av blodet och satte det i en burk.

-Bra spår! sade de nästan samtidigt.

-Det här går till DNA-analys direkt.

Andra spår kunde de inte hitta och avslutade med att fråga Håkan ifall han direkt kunde se om något saknades.

-Inget annat än min finskjorta som hängde i tvättstugan. Jag hade just tvättat den och jag minns mycket väl att den hängde på tork på en galge. Det är den galgen som ligger nedanför tvättstället på golvet just nu.

-Vi tar med oss galgen också i så fall och kollar fingeravtryck på den. Vi prioriterat detta högt eftersom det KAN ha samband med mordförsöket på dina föräldrar, det vet vi inte än men eftersom möjligheten finns så kommer det nog gå rätt snabbt. Vill du ha någon form av stöd eller extra beskydd tills vi vet?

-Nej, det ska nog inte behövas, svarade Håkan. Jag brukar klara mig bra på egen hand, jag hör av mig om jag ändrar mig.

Nu hade han räknat ut hur länge dropp, sömnmedel och dylikt skulle räcka och det innebar att han måste åka till Göteborg senast på söndag. Helst före.

Men innan dess måste han ta reda på var makarna Lind höll hus.

Han kände sig tvungen att döda dem först. Innan han gjorde något annat.

Hämnden skulle ske snabbt. Det var dags nu.

Han begav sig till Sandhem. Precis när han svängde in på området mötte han en polisbil. De verkade inte lägga märke till honom. Tur det.

Steven parkerade 70-80 meter från Håkans garageinfart, så han hade uppsikt över huset. Håkans bil stod utanför, det hade den inte gjort inatt när han var hit. Det hade kanske inte varit någon hemma, och förmodligen var det därifrån polisen kom. Nu var det bara att vänta.

Håkan fick ägna ett par timmar åt att skura i garage och tvättstuga istället för att vila.

Fredrik skulle sluta skolan klockan 15:00, så Håkan såg till att vara klar en halvtimme innan så han skulle hinna i tid.

När han satte sig i bilen och åkte mot Lyrfågelskolan lade han inte märke till bilen som följde efter, cirka 100 meter bakom honom.

-Hej! sade han när Fredrik satte sig i bilen.

Fredrik tittade på honom med glädjetårar i ögonen och kastade sig runt halsen på sin pappa. Han kramade hår.

-Pappa! Jag visste att de skulle släppa dig! Jag visste att du inte hade gjort något. Det kände jag på mig direkt. Men vad trodde de att du hade gjort? Jag har inte fått veta något, de har vägrat berätta något alls!

Håkan förklarade för Fredrik så pedagogiskt han bara kunde innan han startade och körde vidare mot det vandrarhem i Vargön som Berndt och Birgitta bodde på.

-Vi ska hälsa på farfar och farmor nu, sade Håkan till Fredrik.

Ingen av dem lade märke till en mörkblå Ford som följde efter dem.

Efter en kvart parkerade det utanför vandrarhemmet i Vargön. Den mörkblå Forden fortsatte 150 meter, vände och körde tillbaka. De lade inte märke till den då heller, då var de redan inne hos Berndt och Birgitta.

Nu visste han att de bodde på vandrarhemmet i Vargön. Och eftersom det bara var Håkans samt makarna Linds bilar som stod utanför just nu, så var det antagligen bara de som bodde på vandrarhemmet just nu.

Det gick rätt snabbt att planera vad han skulle göra. Men det var en del att förbereda. Bland annat måste han köpa lite verktyg. Så han bestämde att sent på fredag kväll kunde vara lämpligt. Redan ikväll kunde vara för tidigt, det fanns risk att Håkan och Fredrik stannade länge på besök, eller att det till och med sov över. Fredag kväll får det bli.

-Hej, nämen vad kul att ni kommer bägge två! sade Birgitta när hon såg Håkan och Fredrik kliva in över tröskeln till hennes och Berndts rum på vandrarhemmet. Jag har längtat så efter er bägge två!

-Jag instämmer! utbrast Berndt.

De kramades och pratade en stund och sedan bestämde de sig för att tillsammans äta ute på en av de pizzerior som fanns i Vargön.

Mellan tuggorna började Håkan prata.

-Jag föreslår att ni flyttar in hos oss medan huset renoveras, istället för att bo på vandrarhemmet. Då hinner vi umgås mycket nu i juletider. Och vi har gott om plats om jag möblerar om lite, vi är ju trots allt bara två i huset.

-Visst, det låter som en toppenidé, sade Berndt samtidigt som han tittade på sin hustru Birgitta. Hon nickade instämmande.

-Bra, då säger vi så! fortsatte Håkan. Jag städar undan lite ikväll och gör i ordning gästrummet så kan ni komma imorgon kring lunch. Blir det bra?

-Jättebra! sade Birgitta.

Det blev några timmar till av prat, och trots det som hänt bjöd förkvällen även på lite skratt innan det var dags för Håkan och Fredrik att åka hem.

Han ringde sin kontakt i Göteborg. De bestämde för att träffas på centralstationen i Göteborg på lördag klockan 10:45. De stulna sjukvårdsgrejerna han skulle köpa kostade

7500:-. Han skulle bli tvungen att skicka en av sina kontakter i missbrukarleden till växlingskontoret under fredagen och växla lite dollar mot SEK. Samma summa som vanligt, missbrukaren fick behålla fem procent den här gången också, vilket innebar ungefär 1000:-.

Det tog flera timmar för Håkan att ställa i ordning i gästrummet, trots att Fredrik hjälpte till så gott han kunde. Men innan midnatt var de klara och sedan tog de kväll och gick och lade sig i respektive sovrum.

Fredag 2 december 2016

-Har du packat allt? frågade Berndt.

-Klart jag har, svarade Birgitta.

De var klara med packningen redan innan frukost trots att de inte skulle åka till Håkan förrän om ett par timmar.

Bägge två tyckte att det skulle bli bra, det här. Sova hos sonen i sonens gästrum. Det hade inte hänt sedan Lena fanns med i bilden, en julhelg för 12 år sedan, 2004, när Fredrik bara var två år gammal. Det var åtta månader innan Lena försvann och livet hade förändrats för dem alla.

Lenas föräldrar hade avlidit i en trafikolycka flera år tidigare, så de slapp i alla fall uppleva sin dotters försvinnande och att hon aldrig återfanns.

Ikväll skulle det ske.

Det sista av planeringen skulle göras och han började med att ringa vandrarhemmet i Vargön och presenterade sig med falskt namn och frågade artigt hur många rum som fanns lediga pga att han skulle passera orten tillsammans med ett större sällskap under kvällen och de sökte någonstans att övernatta. Han fick veta att att 19 av vandrarhemmets 20 rum var lediga. Han bokade de 19 lediga rummen via telefon och lovade att betala i förskott vid incheckning. Så då hade han säkerställt att bara Berndt och Birgitta skulle vara på plats.

Sedan kollade han verktygen. En kofot att bryta upp ytterdörren med. En trasa som han skulle dränka in med tinner precis innan han gick in för att snabbt söva eventuell personal på plats. Till rummet där de låg och sov skulle han bara knacka på och presentera sig som vandrarhemmets personal och ropa att de måste utrymma pga brand i köket. Så fort de öppnade dörren skulle han använda en slägga för att ge dem varsitt snabbt slag i huvudet. Det skulle förmodligen få dem så pass medvetslösa att han kunde genomborra deras hjärtan med de två skruvmejslar han också hade med sig.

Planen var som gjord att gå i lås.

Klockan var 12:35 när Berndt och Birgitta svängde in på garageuppfarten hemma hos Håkan. Håkan hade varit klok nog att köra in sin egen bil i garaget, det hade inte fått plats två bilar på den trånga uppfarten.

Han gick ut på trappen och mötte dem.

-Välkomna! Behöver i hjälp med packningen? frågade han.

-Tack! svarade de nästan samtidigt.

-Packningen behöver du inte bry dig om, fortsatte Berndt. Det mesta vi ägde blev kvar i huset. Vi har egentligen bara varsin plastkasse nu med akuta saker som försäkringsbolaget hjälpt oss med. Bara lite ombyte och hygienartiklar.

-Okej! Men stig på, för all del, stig på.

Håkan hade inte fått upp så mycket julpynt ännu, fastän det var andra advent kommande söndag. Birgitta erbjöd sig snabbt att hjälpa till med resten av julstöket. Håkan visade henne skrubben där lådorna med julsaker stod och sedan satte sig han och Berndt ute i vardagsrummet med varsin folköl och började prata. Att de snabbt kom in på ämnet sport var inte förvånande och frågan huruvida Zlatan skulle ångra att han skrivit på för Manchester United blev ett hett ämne.

Mitt i diskussionen kom Fredrik hem från skolan. Han hälsade artigt på sin farfar och farmor innan han vände sig mot sin far.

-Pappa, det hände nåt konstigt i skolan idag.

Håkan ryste till.

-Vad??

-Inget allvarligt, bara konstigt. Jesper påstod att han sett dig på Överby i måndags. Exakt samma tid som vi satt i bilen på väg hem från fiket. Exakt samma tid! Och han var helt hundra på att det var du, han gick förbi bara en meter ifrån. Skumt, va?

-Hm, sade Håkan. Jag har uppenbarligen en dubbelgångare i stan. Först vittnet som såg mig utanför farfars och farmors hus och nu din kompis som sett mig på Överby ett klockslag som jag omöjligen kan ha varit där.

Berndt och Birgitta hade hört samtalet. Birgitta stod och gapade så hon såg ut som en fågelholk och Berndt började skruva sig nervöst i soffan. Det här förstärkte misstankarna i deras tidigare samtal och huvudbryderier. Men ingen av dem sade något. De bara mötte varandras blickar och sedan försökte Birgitta byta samtalsämne.

-Vad vill alla mina pojkar ha till middag idag? frågade hon.

Efter en stunds överläggning kom de fram till att de ville ha tacos och det visste Birgitta knappt vad det var så både Håkan och Fredrik fick äran att hjälpa till ute i köket. Efter den dagen visste till och med Birgitta vad tacos var.

Nu hade han pengar till köpet han skulle göra på lördagen.

Han fortsatte hålla kvinnan nedsövd och matade henne via dropp. Han skulle försöka hålla det så här i några dagar nu. Han behövde det för att kunna tänka klart, för att få lite lugn och ro. Att hon kissade på sig i sömnen kunde han leva med även om han fick tvätta av henne en gång per dag och byta på henne, precis som om hon var ett spädbarn.

Det började närma sig kvällen och han kontrollerade sin utrustning gång på gång. Han var lite nervös. Han hade hittills misslyckats två gånger och det kändes redan som om han var slut som artist. Ett tredje misslyckande skulle driva honom till vansinne. Det hade han inte råd med.

Efter middagen hamnade de alla i TV-soffan, så mätta och belåtna att det kändes meningslöst att duka fram något fika till fredagsmyset.

Postkodmiljonären hade precis börjat på TV4 och Rickard Olsson presenterade den första tävlanden.

Birgitta hämtade i alla fall en kanna kaffe i reklampausen. Det mesta av julpyntet hade hon fått upp under eftermiddagen och medan hon hade gått där och plockat hade hon förvånats över hur rent och snyggt allt var i huset. "Håkan måste vara en jäkel på att städa", hade hon tänkt för sig själv. men hon sade ingenting.

När Postkodmiljonären slutade så började Idol 2016. Det var semifinal och fyra tävlande var kvar. En skulle bli tvungen att lämna tävlingen och tre skulle vidare till final kommande fredag. När det slutade satt bara Berndt vaken. Fredrik hade gått in på sitt rum och lagt sig, Håkan och Birgitta slumrade i TV-soffan.

Berndt hittade en visselpipa på soffbordet som han blåste i så hårt han kunde och sedan hånflinade han när de båda andra satte sig upp med ett ryck precis samtidigt och förvånat såg sig omkring.

-Det är kanske bäst vi går och lägger oss för att sova, sade Håkan.

-Redan? skrattade Berndt fram. Du har ju precis vaknat!

Alla tre skrattade lite och sedan släcktes lamporna i huset för den här kvällen. Natten var på väg att sänka sig över staden.

Klockan hade just passerat midnatt när han svängde in på parkeringen utanför vandrarhemmet i Vargön.

Tack vare att det var lite nedförsbacke vid infarten kunde han frihjula med bilens motor avslagen de sista femtio meterna. Allt för att minimera risken att väcka dem.

Han klev ur och försökte stänga bildörren så ljudlöst som möjligt. Han hade visserligen kunnat lämna den öppen, för att undvika onödiga ljud, men då hade även bilens innerbelysning hållits tänd. Det hade dels ökat risken för upptäckt och dels sugit den sista musten ur det redan dåliga bilbatteriet. Forden var redan tillräckligt svårstartad när det var kallt ute, och nu var det minusgrader.

Långsamt gick han mot entrédörren. Samtidigt tittade han mot parkeringen och såg att den ensamma bilen på gästparkeringen var en blå Audi. Berndt och Birgitta körde inte Audi. Om de inte hade bytt bil, och det kanske de hade gjort nu ifall de fått försäkringspengar efter explosionen i villan. Han kände sig tvungen att tro att det var så. Han kunde inte avbryta det här jobbet. Det var för sent för att avbryta.

Personalparkeringen var i alla fall tom. Men för att vara säker kikade han in genom fönstret vid entrén. Personalkontoret var nedsläckt och ingen satt bakom receptionsdisken.

Försiktigt, så ljudlöst han bara kunde, bröt han upp ytterdörren med kofoten han hade med sig och smög in i korridoren. Han var alldeles för koncentrerad på sin uppgift, fokuserad på sitt mål, för att märka att han skar sig själv på en träflis som snabbt missfärgades av hans blod och sedan lade sig perfekt placerad på en öppen yta i tamburen.

Dörren till kontoret var lätt att dyrka upp. Där inne kollade han nyckelskåpet. Alla nycklar utom en var på plats. Nyckeln till rum nummer 7 saknades. Då visste han vilket rum han skulle till.

Åter i korridoren smög han sig fram. Vid rätt dörr stannade han och där stod han still en stund för att samla sig lite. Sedan knackade han på.

En mansröst hördes inifrån rummet.

-Vem är det?

-Nattpersonalen! Vi måste utrymma byggnaden. Det brinner i köket.

-Vänta! Vi kommer.

Inifrån rummet hördes rörelser från två personer som stampade runt. De tog nog på sig lite kläder och skor. Steven ställde sig redo med släggan. Efter 45 sekunder öppnades dörren och han svingade den två gånger i mörkret. Två träffar. Bägge låg ner när han stötte in en skruvmejsel på exakt rätt ställe i deras bröstkorgar. Det gick snabbt och bägge slutade andas nästan omgående.

Han ville tända upp belysningen och kolla att de verkligen var döda, men han vågade inte. Det skulle kanske synas utifrån att lampan tändes för att sedan släckas några sekunder efteråt och väcka uppmärksamhet. All uppmärksamhet var dålig i det här läget.

Sedan gick han snabbt hela vägen tillbaka genom korridoren, ut genom ytterdörren och satte sig i bilen.

Han var andfådd. Det var längesedan han senast hade dödat någon i närstrid. Känslorna blandade sig med varandra och det var svårt att sänka pulsen igen. Efter fem minuter var den dock såpass låg att han vågade starta bilen och åka "hem" igen.

Nu behövde han sova. Bara sju timmar senare skulle han åka mot Göteborg.

Lördag 3 december 2016

Klockan var knappt sju när Birgitta vaknade på lördagsmorgonen. Hon laddade kaffebryggaren och startade den innan hon började förbereda frukost, både till sig själv och till de andra i huset, medan hon lyssnade på sjunyheterna på radions P4.

På nyheterna berättade de bland annat att ett västsvenskt kommunalråd anmälts saknad av sin hustru under morgontimmarna. I övrigt verkade det inte ha hänt så mycket i landet under natten.

-Godmorgon! hörde hon Fredrik ropa från hallen när han passerade mellan hans sovrum och badrummet.

-Godmorgon, hann hon precis svara innan han stängde badrumsdörren och låste om sig.

En stund senare satt de alla fyra vid köksbordet och åt frukost.

-Vad ska vi hitta på idag då? undrade Berndt.

-Någon som har något förslag? fortsatte Håkan.

Det kom två förslag. Birgitta föreslog att de skulle fixa lite med julbak och Fredrik att de skulle göra en utflykt till Bergagården på Hunneberg. Kungajaktsmuséumet där uppe hade de inte varit till sedan han var liten. Nu ville han dit igen. Och sedan grilla korv på grillplatsen intill.

Klockan var 10:35 när Steven klev av bussen i anslutning till centralstationen i Göteborg.

Han hade tio minuter på sig innan mötet med hälaren så han passade på att köpa en kopp kaffe att ta med sig.

När han var tjugofem meter från den bestämda mötesplatsen såg han en man ligga på mage på golvet med tre poliser över sig. Klickljudet från de handfängsel han fick på sig hördes på det avstånd det var mellan dem.

På en sekund fick Steven ta beslutet att bara titta åt ett annat håll och gå förbi på behörigt avstånd.

Hans hälare för sjukvårdsartiklar var "inte tillgänglig" från och med nu.

Det innebar att han skulle bli tvungen att ha kvinnan vaken istället för nedsövd mer än vanligt och fixa riktig mat istället för dropp.

"Damn it", tänkte han när han åter satte sig på en buss tillbaka mot Trollhättan.

Tack och lov var det här snart över.

Det blev så att Birgitta stannade hemma och bakade lite julbröd medan Berndt följde med Håkan och Fredrik till Hunneberg.

Det fanns två uppfarter till berget och eftersom uppfarten från Vargön var bästa alternativet när man skulle till Bergagården så tvingades de passera vandrarhemmet också.

Det stod en bil på besöksparkeringen. Med tanke på hur många rum det finns så var en enda gäst inte så mycket. Men så var det ju lågsäsong också.

-Konstigt att de inte hyr ut till Migrationsverket så här års när de ändå inte har så många gäster, sade Berndt lite fundersamt. Alla andra hyr ju ut.

-Inströmningen av asylsökande har minskat rejält sedan de införde gränskontroller med krav på giltiga id-handlingar förra vintern, har jag uppfattat det som, sade Håkan trots att Berndts synpunkt egentligen inte var en fråga.

Några minuter senare svängde de in på parkeringen vid Bergagården och klev ur bilen.

Han klev av bussen vid resecentrum och bytte till en lokalbuss mot Sylte. Vid Sylte Center klev han av och tog därifrån en promenad på tjugo minuter innan han var tillbaka i huset.

Kvinnan var halvvaken nu och det skulle inte dröja länge innan hon var pigg och alert så han började förbereda mat till henne.

Tur att hon hade lyckats vara så pass lugn som hon varit genom åren i fångenskap. Obegränsad tillgång till TV och framförallt böcker hade nog bidragit till det. Hon läste nästan jämt.

Idag blev det potatismos och stekt falukorv.

De hade besökt både museumet med de uppstoppade djuren och grillat korv. Allt som allt hade det tagit mindre än två timmar och det var nu dags att packa in sig i bilen.

-Hoppas farmor bakat något gott, sade Fredrik.

-Det har hon väl alltid? skrattade Berndt.

När de passerade vandrarhemmet strax efteråt, på vägen ner från Hunneberg, stod tre polisbilar utanför och en polis höll på att dra blåvita avspärrningsband runt hela fastigheten. En annan polis pratade med en man i blåjeans och blå dunjacka.

Berndt kände igen honom som vandrarhemmets ägare.

-Va fan… det måste ha hänt något. Undrar om det är någon som letat efter oss och försökt döda oss en gång till?

Han såg nervös ut.

Håkan försökte lugna honom.

-Det har säkert bara varit inbrott eller något sådant. Jag såg att dörren var uppbruten, det var en jäkla massa träflis på trappan.

-Du har nog rätt, sade Berndt. Det är nog inget jag behöver hetsa upp mig över.

Men i tankarna gnagde oron ändå. Han hade sina aningar. Men det var inget han kunde berätta för Håkan. Inte just nu i alla fall.

Kvinnan i skyddsrummet låg och läste. Just nu var det Fredrik Backmans bok "Min mormor hälsar och säger förlåt".

Hon önskade att hon var bokens huvudperson Elsa, en sjuårig flicka vars mormor kunde ta med henne in i sagornas fantastiska värld när hon var ledsen.

På sätt och vis var hon som Elsa ändå. Hon drömde sig bort från cementen i skyddsrummet ibland. Långt bort.

Det var drömmarna, böckerna och att hon kunde följa aktualitetsprogrammen i TV som förmodligen hållit henne vid liv så här länge. Det var även Tack vare TV hon kunde hålla koll på vilket datum det var och på hur länge hon varit inlåst.

Och så var det träningen förstås. När skitstöveln inte höll henne nedsövd kunde hon träna varje dag. Fanskapet hade fixat in en motionscykel redan den första månaden hon var där.

Att han ville hålla henne vid liv hade hon förstått, men för den sakens skull ville hon inte vara trotsig och dö. Hon ville också leva så länge som möjligt.

Hoppet är det sista som överger en människa. Precis som smaklökarna verkar det som, tänkte hon. Dagens mat, korv och mos, var riktigt gott. Och det var inget vedervärdigt pulvermos utan hemgjort potatismos av riktig potatis. Laga mat kunde han i alla fall.

Efter middagen som bestod av soppa som serverades med nybakat bröd slog sig alla ner i TV-soffan. Utom Fredrik som gick in på sitt rum och startat datorn.

Nyheterna hade precis börjat.

Det västsvenska kommunalrådet som anmäldes saknat under morgontimmarna hade hittats mördad tillsammans med en prostituerad kvinna på ett vandrarhem. Polisen hade säkrat vissa spår men vad de bestod av var inget de ville gå in på när reportern i nyhetsinslaget frågade.

-Helvete! Skrek han högt för sig själv. På sitt modersmål amerikansk engelska, så klart. Helvetes jävla skit.

Hur tusan kunde han göra fel igen? Tre gånger på fyra dygn! I sin tidigare karriär som marinsoldat, CIA-agent och legosoldat gjorde han sällan misstag. Aldrig tre gånger på tre försök och aldrig tre gånger samma vecka.

Söndag 4 december

Det var tredje advent och de gjorde sig i ordning för att åka på julmarknad i Grästorp.

Fredrik roades lite av att farmor och farfar hade precis likadana vinterjackor, det enda som skilde dem åt var storleken.

-Jag tänker på Piff och Puff när jag ser er, skojade han retsamt.

-Du vet väl att jultomten hör när du är elak? skämtade Berndt tillbaka.

-Ha! Jultomten finns inte, så försök inte! kontrade Fredrik.

-Sluta mobba varandra, ropade Birgitta från köket.

-Vi mobbar inte varandra, ropade Fredrik tillbaka. Det är bara jag som mobbas och du är inkluderad i mobbningen, farmor.

Efter en stund avbröt Håkan dem.

-Vi måste åka nu, det gäller både dig Fredrik, och även Piff och Puff där borta! Det är bra om vi kommer fram till julmarknaden INNAN den stänger.

Skrattande låste de ytterdörren och trängde in sig i Håkans lilla bil.

Det tog drygt tjugo minuter att åka till Grästorp.

Berndt log lite för sig själv när de passerade en skylt där det stod "Välkommen till Grästorp".

-Ja hit åker man ju egentligen inte frivilligt, sade han. Det är så litet att det borde stå "Välkommen" och "Välkommen åter" på samma skylt. När man är halvvägs genom byn så är den slut.

-Tyst med dig, sade Birgitta. Jag är faktiskt uppvuxen här, dumbom. Prata inte illa om min hembygd. Därmed basta!

-Jag vet, raring, jag vet, det var därför du var tvungen att gifta dig med mig, en utsocknes från Trollhättan, hade du valt någon från Grästorp hade det antagligen varit en släkting, så liten som den här byn är.

-Äsch! Den är inte liten och det är ingen by. Grästorp är faktiskt en egen kommun, din lilla gubbe!

Håkan och Fredrik skrattade åt deras kärleksfulla gnabbande.

Nu var Steven irriterad.

Så irriterad att han struntade i allt vad som gällde "att inte väcka uppmärksamhet", att inte synas, att verka i det fördolda.

Han sladdade in på gatan i Sandhem i full galopp och tvärnitade utanför Håkans hus.

De måste vara här nu! tänkte han. Var skulle de annars vara om de inte var kvar på vandrarhemmet?

Men han förstod snabbt att ingen var hemma. Garaget var inte stort nog att rymma både deras och Håkans bil, och ingen bil stod på garageuppfarten. Ytterdörren var låst och det var inte minsta tillstymmelse till liv i villan.

Han gick runt huset ett varv och kikade in genom varje fönster. Sedan satte han sig i bilen igen och lämnade området. Men innan han åkte bestämde han sig för att återkomma till huset varje dag om det skulle behövas. Tills han hittade dem.

Resten av den här dagen ägnade han åt att laga mat till sin fånge och städa i både skyddsrum och övriga utrymmen i den källare som varit hans hem de senaste mer än elva åren.

Alla fyra frös när de kom tillbaka till Sandhem.

-Någon som är sugen på glögg och pepparkakor? frågade Håkan.

Alla svarade ja och de slog sig ner vid köksbordet. Fredrik plockade fram en kortlek och föreslog att spela poker.

Där satt de resten av kvällen och när den gamla väggklockan i vardagsrummet slog elva så påminde Håkan om att de borde sova.

-Fredrik har skola imorgon, själv ska jag jobba. Jag har massor att göra bort innan julledigheten startar.

-Vi förstår, sade Birgitta. Gå ni och lägg er. Jag är också rätt trött, men jag lovar att ha frukosten klar när ni vaknar imorgon.

-Nej, nej, kliv inte upp så tidigt, sade Håkan med ett leende. Sov ut istället, men det skulle vara gott med färdig middag när jag kommer hem från jobbet.

Birgitta svarade med ett leende och sedan sade de alla godnatt till varandra.

Måndag 5 december

Klockan var bara 05:30 när det ringde på dörrklockan utanför ytterdörren. Håkan var så trött att han vinglade hela vägen från sängen till ytterdörren.

Det var poliskommisarie Gösta Nilsson.

-Sov du?

-Ja vad tror du? svarade Håkan sömnigt. Varför så morgontidig?

-Det tar vi på stationen. Jag vill att du följer med. Klä dig så snabbt du kan. Jag väntar här i hallen.

Berndt och Birgitta hade också vaknat av dörrklockan och kom ut i hallen.

-Jaså, ni bor här nu? frågade Gösta Nilsson, nästan lite förvånat.

-Ja, men vad gör DU här? frågade Berndt tillbaka.

-Jag kan inte gå in på det, men jag ska ta med mig Håkan till stationen. Vi har lite att reda ut med honom.

-Kan jag följa med? frågade Berndt.

-Visst, men du får åka i egen bil och vänta ute i receptionen medan vi pratar med Håkan.

Håkan kom ut i hallen igen, nu med kläder på och Berndt var också klädd innan Håkan hade fått skorna på sig.

Sedan åkte de mot polisstationen, i olika bilar.

Det var inte för intet som Birgitta började bli en aning orolig.

Men hon lovade sig själv att ge Fredrik en rejäl frukost innan han gick till skolan och sedan skulle hon också bege sig till polisstationen för att hålla sig informerad om vad som hände.

Den här gången var det en polis till i förhörsrummet, utöver Gösta Nilsson. Håkan och Gösta satt mitt emot varandra och Gösta startade en bandspelare emellan dem innan han började prata.

-Måndag den 5 december klockan 06:45. Förhör med Håkan Lind angående falskt larm.

-Va? sade Håkan.

-Torsdagen den 1 december klockan 10:45 larmade du polisen om ett inbrott i ditt hus, är det korrekt uppfattat?

-Eh, ja...?

Håkan kände sig förvirrad nu.

-Efter den undersökning våra tekniker gjort och ett DNA-test av blodet vi hittade i garaget så kan vi konstatera att ingen varit inne i ditt hus. Alla spår är dina egna. Både fingeravtryck och blodet. Det var ditt DNA i det.

-Det kan inte stämma, sade Håkan. Blodet är inte mitt, jag skulle inte bloda ner mitt garage så mycket utan att vare sig märka det själv eller utan att städa upp efter mig.

-Vi har hittat din skjorta också. Vid en återvinningsstation utanför OKQ8 på Lantmannavägen. Den var blodig och det blodet var också ditt. Vill du erkänna falskt larm direkt eller vill du förneka det? Om du erkänner får du ett betalningsföreläggande av åklagaren med posten. Om du nekar blir det åtal och går till rättegång i tingsrätten.

-Tacka fan att jag förnekar det! utbrast Håkan. Jag har ju inte falsklarmat för fan, jag hade ju haft inbrott.

-Ok, bra, då blir det så. Men vi anhåller dig inte för det. Du kan åka hem och invänta kallelse till tingsrätten i Vänersborg. Jag råder dig att kontakta advokat och gå igenom ärendet med denne innan rättegången.

-Ska vi åka och äta frukost på ditt favoritkonditori på vägen hem? frågade Berndt.

-Visst, jag behöver nog varva ner lite innan jag träffar morsan igen, jag är rätt irriterad. Hon ser säkert till att Fredrik vaknar och kommer iväg till skolan ordentligt. Det är fortfarande ordning och redan från hennes sida har jag märkt.

Berndt log.

-Jo det är nog så.

Klockan var 08:00 när de klev in på konditorier på Hjortmossen och valde ur den frukostbuffé som serverades.

Samtidigt som de betalade för sig backade Birgitta ut Håkans bil ur garaget för att skjutsa Fredrik till skolan och därefter åka mot polisstationen för att se hur det gick för Håkan. När hon körde ut från området mötte hon en blå Ford. Hon tänkte dock inte så mycket på det, och mannen i den blå Forden ägnade inte en tanke åt att titta åt hennes håll heller, för den delen.

Bägge två var så fokuserade på annat.

Han tänkte vara tidig idag. Men inte FÖR tidigt. Bara så pass tidig att Bernd och Birgitta fortfarande låg och sov, och så pass sen att Håkan och Fredrik begett sig hemifrån för arbete och skola.

Men, tji fick han även denna morgon.

Huset var lika tomt och öde som dagen innan.

Det var bara att fortsätta återkomma så ofta som möjligt.

Birgitta fick på polisstationen veta att hennes son släppts ut en stund tidigare, och hon såg varken honom eller Berndt i receptionen. Berndts bil var heller inte ute på parkeringen. Tur att Berndt lämnat deras gemensamma mobiltelefon, de behövde inte varsin mobiltelefon ansåg de eftersom de ändå nästan alltid var tillsammans, så hon kunde använda den och ringa till Håkan.

Hon fick veta var de befann sig och strax satt de alla tre runt ett bord på ett konditori och åt frukost.

Efter att Berndt och Birgitta fått veta vad som sagts i förhöret om bland annat DNA så var de nu hundra procent säkra på det de tidigare misstänkt, men de valde att inte förtälja något till Håkan. Inte än. De var inte redo för det. Och de trodde inte att Håkan heller var redo för den snart femtio år gamla sanningen.

Kvinnan i skyddsrummet kände sig nervös. Mannen som höll henne fången hade betett sig annorlunda den senaste veckan och det hade blivit värre under helgen. Hon kunde inte sätta fingret på vad det berodde på, men något var det som verkade fel.

Han hade kommit och gått allt oftare, förutom i lördags då han var borta en längre stund. Han hade även gett ett förvirrat intryck, som om han hela tiden hade tusen andra tankar i huvudet.

Hon tänkte, att om hon hade tur så skulle han kanske snart bli så förvirrad att hon kunde smita ut medan han var där och dörren då var olåst, eller att kanske glömde låsa någon gång när han gick.

Det var bara att fortsätta med att inte ge upp.

Fortsätta hoppas.

Bita ihop.

Till middag blev det mandelpotatis och ugnsstekt lax med dill. Det var definitivt inte Fredriks favoriträtt, snarare tvärtom, men han åt artigt upp ändå. Han ville inte göra farmor ledsen. Sedan sköljde han av sin tallrik och ställde in den i diskmaskinen innan han gick in på sitt rum.

-Tror du att Fredrik kan vara hos någon kompis imorgon kväll när du kommer hem från jobbet? frågade Berndt. Vi har något allvarligt vi måste tala med dig om och det känns som att det är dags.

-Visst, jag kan kolla med honom, svarade Håkan. Inga problem alls, tror jag.

-Bra. Det har ju hänt en del den senaste veckan och så, jag tror att vi eventuellt sitter på en del av svaren, jag och din mor.

-Vi kan ju ta det redan ikväll?

-Nej, det är bättre imorgon om inte Fredrik är hemma. Det kan bli en del för oss alla att bearbeta...

-Ok, det är ni som har bollen, då säger vi så.

Det var dags att ta ett samtal med kvinnan. Han meddelade henne att det snart var slut på hennes fångenskap. Hon hade frågat hur han tänkte, skulle han släppa henne eller döda henne? Han sade till henne att plan A var att han skulle släppa henne levande. Men det var under förutsättning att hans andra planer gick i lås. Om inte, så var plan B ett faktum, och i den planen så fanns det ingen som helst chans att hon överlevde. Hon darrade när han lämnade henne i skyddsrummet och gick in till sig. Han glömde inte att låsa den här gången heller.

Tisdag 6 december

För andra dagen i rad var det tidig morgon när det ringde på dörrklockan, klockan var omkring 06:00. Håkan gnuggade sömnen ur ögonen och gick för att öppna. Och vem var utanför dörren om inte Gösta Nilsson. Åter igen.

-Jamen hej och hå, vad är det nu då?

-Vänd dig om, lägg armarna på ryggen.

-Va?

-Du hörde vad jag sade. Vänd dig om och lägg armarna på ryggen, röt Gösta.

Minuten senare satt Håkan i en polisbil för tredje gången på en vecka, men för första gången med handfängsel.

-Kan ni vara så vänliga att tala om vad det är nu? flämtade Håkan.

Det ömmade i hans handleder.

Klockan hann inte slå sju innan han satt i arresten, delgiven misstanke för mordet på kommunalrådet på vandrarhemmet. På en träflis hade de hittat blod med Håkans DNA. Hur Håkan än vred och vände på sina tankar så begrep han ingenting. Först inbrottet i hans hus, blodfläckarna vid oljepölen i garaget där de funnit hans DNA trots att han med säkerhet visste att det inte var han som blodat ner där, blodfläckarna på hans skjorta som de funnit på återvinningsstationen som också innehöll hans DNA och nu slutligen - blod på vandrarhemmet där kommunalrådet och den prostituerade kvinnan hittades mördade som OCKSÅ innehöll hans DNA.

Han fick inte ihop det.

Efter att Berndt och Birgitta släppt av Fredrik i skolan så åkte de till polisstationen. Den låg på Klintvägen, strax bakom stadshuset i Trollhättan. I receptionen fick de vänta över en timme innan de fick prata med Gösta Nilsson.

-Vi har något att berätta, började Berndt.

-Låt höra, sade Gösta.

Precis då segnade Birgitta ner på golvet och tog sig för bröstkorgen. Andningen blev allt häftigare och hon började svettas i pannan.

Berndt fick panik, kramade om sin fru och skrek "Hur är det? Hur mår du? Hur är det fatt?" samtidigt som Gösta öppnade dörren och ropade till någon i korridoren att ringa ambulans. Det slutade med att två stadiga poliser ledde henne ut till en polisbil och med påslagna sirener och blåljus körde henne ända fram till akutintaget på NÄL. Gösta fick sitta med henne i baksätet och efter ett par timmar på intensiven var det klarlagt att det var en lättare hjärtinfarkt och läkaren sade att det hade kunnat gå riktigt illa om de inte kommit in så snabbt som de gjorde.

Åter igen var huset på Sandhem lika tomt som tidigare. Vart tusan höll de hus? funderade Steven. Någon gång måste ju Berndt och Birgitta vara hemma på dagtid också. Han kände att han måste fixa detta på dagtid, när Håkan och Fredrik inte var hemma. Det var bara Berndt och Birgitta som skulle dö. Och om Håkan och Fredrik var hemma när han dödade dem så måste han döda även dem, och det hade de inte gjort sig förtjänta av. Han kunde inte döda två av fyra och lämna de andra två levande. Då fanns det vittnen. Nej, han måste göra det när de inte är hemma och då är det mest lämpligt på dagtid.

Han väntade utanför huset i över en timme, men det hände ingenting. Absolut ingenting. Inte en enda rörelse i huset. Ingen som kom, ingen som gick. Trots att det var fyra plusgrader ute så började det bli riktigt kallt i bilen och han började frysa ordentligt.

Det var bara att ge sig av igen och komma tillbaka senare.

Håkan satt i förhör igen och hade inga som helst svar på Göstas frågor. I alla fall inte de svar som Gösta ville ha. Gösta ville ha ett erkännande, eftersom bestämt sig för att Håkan var skyldig. Den enda tekniska bevisning de hade pekade enbart mot Håkan som ensam gärningsman. De enda DNA-spår de funnit var från just Håkan. Förutom DNA-testet från blodet på vandrarhemmet hade de ju falsklarmet, eller det de trodde var ett falsklarm, om inbrottet i Håkans hus som de misstänkte var arrangerat av Håkan själv.

Och så var det ju det där med mordförsöket på Håkans föräldrar, Berndt och Birgitta, där ett vittne först påstod sig ha sett Håkan smyga runt huset men sedan ångrat sig, eller åtminstone börjat tveka på om det var Håkan, men Gösta tänkte att det trots allt kanske var Håkan som varit där.

Berndt och Birgitta kan ju tänkas ha förlåtit Håkan, han är ju trots allt deras enda son, de försökte nog skydda honom, tänkte Gösta. Det enda som var försvårande i utredningen var varför de ändå valde att bo hemma hos Håkan nu, ifall det var så att de skyddade honom från något de visste att han var skyldig till.

Gösta funderade även på vad det var de hade kommit för att berätta när Birgitta plötsligt tuppade av. Men det kanske han kunde rota i senare när hon mådde bättre. Han bestämde sig för ett besök dagen efter, på onsdagsmorgonen, antingen på sjukhuset om hon var kvar där, hade hon hunnit bli utskriven så fick det bli i Håkans hus.

Förhöret var slut innan lunch och det enda svaret Gösta hade fått från Håkan, som Gösta ansåg var ett rätt svar, var egentligen på frågan om vad han hette. Övriga svar ansåg han vara felaktiga.

-Vi fortsätter förhör onsdag den 7 december, sade Gösta och sedan tryckte han på stoppknappen på bandspelaren.

Nu kom fanskapet in i hennes bunker igen. Den bunker som HAN höll henne fången i. "Han har nog varit ute" tänkte hon när hon såg hans rosenröda kinder. Hon ville också ut.

Han såg besviken ut i blicken, som en fyraåring på julafton som öppnat alla paket och insett att inget av dem innehöll det han önskade allra mest. Ungefär så. Hon undrade vad han gjort och vad han stod i att göra, vad som var hans stora planer för att sedan släppa henne fri. Eller döda henne. Som han själv sagt så berodde det på hur hans planer fortlöpte.

Vad det än var, så hoppades att han skulle lyckas. Hon ville inte dö. Hon ville bli fri. Hon ville veta hur det var med Håkan och framförallt Fredrik. Hon hade snabbt räknat ut för elva år sedan att idioten som slog ner henne och kidnappade henne inte var Håkan. Men de var som kopior i ansiktet. Exakt likadana. Det var därför hon trodde att det bara var Håkan som var ute för att försöka skrämma honom den där kvällen när hon gick ut med soporna.

Hon funderade lite på hur Håkan och Fredrik hade det nu. Bodde de kvar i samma lägenhet på Sädesbingen eller hade det flyttat? Hade Håkan glömt henne och hittat en ny kvinna i sitt liv? Eller väntade han på henne? Men hon försökte snabbt tränga bort funderingarna, eftersom hon inte visste svaren så blev det bara spekulationer, och spekulationer är egentligen bara gissningar och egna fantasier.

Hennes dagdrömmande avbröts av att han frågade vad hon ville ha till middag. Han sade att hon fick äran att välja mat själv idag eftersom det förhoppningsvis och mest troligt blev hennes sista middag i det här råtthålet.

Han sade att han under morgondagen skulle göra verklighet av sina planer, hur det än såg ut där han skulle utföra dem, det fick bära eller brista.

Hon höll tummarna, för sin egen skull, för att det skulle gå vägen och svarade på hans fråga.

-Pizza. Jag vill ha pizza. En familjepizza med köttfärs, räkor och vitlök.

Att hon ville ha en familjepizza hade flera orsaker. Dels var hon rejält hungrig, dels var det längesedan hon åt pizza sist så hon var sugen på det nu och dels ville hon kunna spara halva till morgondagen, ifall det blev hennes sista dag i livet ville hon avsluta det med något som innehöll det hon älskade mest - ost, räkor och vitlök. Köttfärsen var mest för utfyllnad i magen för att öka mättnadskänslan.

Alla hade svårt att somna den kvällen.

Håkan låg på en obekväm säng i arresten. Att den obekväm var en sak i sig. Ovanpå detta snurrade en massa frågor i huvudet och det mesta handlade om DNA och om hur det kom sig att det blod han själv visste inte var hans kunde innehålla just hans DNA. Däremot visste han inget om vad som hänt Birgitta, hans mor.

Fredrik låg på ett av socialtjänstens jourhem och grubblade på varför hans pappa anklagades för så hemska saker. Han ville hem och han ville att allt skulle vara som vanligt igen.

Berndt var orolig för sin hustru Birgitta och funderade även på hur det kunde komma sig att de anhöll hans son för mordet på kommunalrådet. Han hade ju varit hemma i sitt hus den kvällen, det hade ju Berndt själv sett, han var ju där, och han tyckte det var konstigt att polisen inte hade frågat honom om det. Både han och Birgitta kunde gå i god för detta.

Kvinnan i skyddsrummet låg och funderade på om hon skulle överleva eller dö.

Steven funderade på hur han skulle döda kvinnan i skyddsrummet ifall han misslyckades med sina planer. När hon till slut hade somnat så gick han in till skyddsrummet där hon låg och tog en del av det sista sömnmedlet för att kunna somna själv.

Gösta kunde inte heller somna. Han vred och vände på alla bevis som fanns i ärendet. Allt pekade på Håkan Lind, men det var något som inte riktigt stämde, men vad kunde han inte luska ut.

Den enda som sov gott den natten var Birgitta som var fullproppad med medicin.

Onsdag 7 december

Natten hade gått bra för Birgitta och hennes läkare hade planer på att skriva ut henne redan under förmiddagen om alla värden såg bra ut.

Berndt hade fått sova över i en säng intill henne i samma sal.

-Jag har nog haft för mycket inre stress på sistone, viskade Birgitta till honom när hon vaknade.

-Förmodligen är det så, sade han. Vi skulle nog behöva varva ner bägge två. Det kunde lika gärna ha hänt mig, tyvärr gjorde det inte det, min älskade.

-Doktorn ska skriva ut mig idag. Vi kan kanske åka hem framåt lunch.

-Det låter bra, sade Berndt. Tur att jag fixade hit vår bil redan igår kväll. Jag pratade med han, poliskommisarie Gösta Nilsson, och han bad två av sina poliser köra hit den och parkera den här utanför sjukhuset. De var till och med så vänliga att de betalade parkeringsavgiften för ett dygn framåt.

Kvinnan i skyddsrummet vaknade tidigt. Det första hon såg var att han också sov där inne, i andra änden på det avlånga rummet. Han andades tungt. Hon önskade att han hade glömt sätta fast henne i handfängsel. Det var så fruktansvärt obekvämt med de vassa stålringarna runt handlederna. Idag skulle han bege sig iväg och göra något med någon stor plan han hade, men vad det var visste hon självklart inte. Men hon hoppades att han kunde göra det så snart som möjligt, och att han klarade av det han skulle göra så han kunde släppa henne efteråt. Det var i alla fall vad hon hoppades på skulle ske.

Förhören med Håkan fortsatte under morgonen och han kunde fortfarande inte ge Gösta de svar som Gösta ville ha.

Han visste nämligen inte hur hans DNA kunde finnas i blodet på garagegolvet, i blodet på den kastade skjortan, i blodet på vandrarhemmet.

Gösta ville ha ett erkännande. Men det fick han inget.

Däremot fick Håkan information om sin mor av Gösta innan förhöret avslutade. Sedan avslutade han med en sista fråga.

-Vore det ändå inte bäst för alla om du bara erkände alltihop? För dina föräldrars skull och för kommunalrådets anhörigas skull?

-Om jag hade något att erkänna så skulle jag väl göra det? Men jag har inte gjort något av det du påstår att jag gjort, och jag vet inte vem som gjort det heller. Jag vill bara härifrån! Jag är oskyldig.

Han vaknade omkring 09:00 och direkt efter att han gett frukosten till kvinnan, dvs resterna av gårdagens pizza, så begav han sig till Håkans villa i Sandhem.

Om ingen var hemma skulle han bryta sig in, på samma sätt som senast men utan att halka, och sedan sätta sig någonstans inne i huset för att invänta dem. Tids nog måste de ju dyka upp. Och då skulle han plocka dem. Kosta vad det kosta vill.

Han tog på sig en gammal blå overall från en före detta bilfabrik i staden, där bilmärket var tryckt med stora bokstäver på ryggen. Sedan packade han ner rep, handskar, några verktyg och en revolver i en bag, placerade bagen i bagageutrymmet på den blå Forden och började åka mot Sandhem.

Efter vägen passerade han Håjums begravningsplats och viskade för sig själv i riktning mot begravningsplatsen att "snart flyttar två till in hos er". Han stannade även vid OKQ8 på Lantmannavägen och köpte sig en chokladbit. Han öppnade pappret runt chokladen innan han satte sig i bilen, slängde skräpet i en papperskorg utanför entrén och sneglade mot återvinningsstationen där han slängde skjortan han hade använt för att stoppa blödningen i såret han fick när han halkade i det där garaget.

Sedan fortsatte han.

Självklart var ingen hemma i huset, han hade inte väntat sig något annat. Så han bröt sig in genom garageporten, stängde ordentligt från insidan, såg sig för efter oljefläckar för att inte halka, men det verkade nystädat som tur var.

Mellandörren till tvättstugan var låst men, den bröt han enkelt upp. Sedan tog han sig vidare in i huset och såg sig runt lite.

Från köket tog han en stol och placerade den i hallen. Han skulle sitta på den när de öppnade ytterdörren, men han placerade den så de inte skulle se honom förrän det var för sent, de skulle både ha hunnit in och stängt dörren från insidan innan de såg att han satt där, då skulle det vara för sent att fly.

Gösta fick ett samtal på sin mobiltelefon precis innan han skulle på lunch. Det var Berndt.

-Hej! Jag vill bara meddela att jag och Birgitta är på väg hem från sjukhuset nu. Vi åker direkt hem till Håkans hus.

-Bra! Hur är det med henne?

-Bättre än igår. Stressen av allt som händer fick hennes hjärta att krångla lite, men det ska nog fungera ett tag till. Hon har fått lite medicin av doktorn att knapra på och ska in på kontroll regelbundet framöver. Men du, vi kom ju igår för att vi hade en del att berätta för dig, som kanske kan fria vår son från skuld.

-Ja, låt höra…?

-Jag vill helst inte ta det på telefon. Kan inte du komma till Håkans hus i eftermiddag så vi kan prata?

-Visst! Jag kommer vid 15-tiden, är det ok?

-Ja det blir bra, vi ser till att ha kaffet klart när du dyker upp.

De avslutade samtalet och Gösta tog bara en lättare lunch. Kaffe hos äldre människor innebar ofta även en hel del fikabröd. Bullar och kakor i mängder. Och det kunde han aldrig tacka nej till, fast han egentligen borde med tanke på den mage han hade börjat lägga sig till med. Nåväl, den tog i alla fall uppmärksamhet från den begynnande flinten där de få hårstrån som var kvar hade börjat färgas grå. Om det gråa kom av ålder eller av stress rådde det delade meningar om bland hans kollegor.

Kvinnan i skyddsrummet låg och läste. Nu hade hon kommit halvvägs i boken om lilla Elsa som gick runt till folk och lämnade brev där hennes mormor bad om ursäkt för olika saker. Mannen som höll henne fången, mannen som liknade hennes Håkan, hade gett sig av strax efter att han gett henne pizzaresterna, och det hade gått en stund nu.

Hon undrade hur länge det skulle dröja innan han kom tillbaka.

Nu hade han suttit i huset i två timmar och inget hände. Ingen dök upp. Men han gav sig inte. De skulle inte komma undan den här gången. De tre misstagen i rad var två för mycket. Det skulle inte bli ett fjärde. Klockan var nu 12:30.

-Kan vi inte svänga in på Willys och köpa lite fikabröd efter vägen? frågade Berit.

-Fikabröd? Varför då? undrade Berndt.

-Jamen, jag har ju inte hunnit baka något färskt sedan i lördags när ni andra var på utflykt, vi måste ju ha nåt att bjuda på när konstapeln kommer.

-Han är faktiskt kriminalkommissarie, inte konstapel.

-Jaja, whatever, same shit different name, försökte Birgitta skoja på ungdomligt vis fast hon bara hade året kvar till sin 70-årsdag.

Sagt och gjort, Berndt parkerade snyggt och prydligt i en parkeringsruta nära entrén och så gick de in. De hittade några kanelbullar som fortfarande var varma efter att de bakats samt två paket med kakor.

När de parkerade utanför huset visade klockan i bilen 13:00.

Berndt tog påsen med fikat de handlat, gick några meter före Birgitta och låste upp dörren. Han inväntade henne, öppnade och lät henne gå före in i hallen. Sedan klev han själv in och stängde efter sig. Han låste också, för säkerhets skull. De båda kände sig både stressade och osäkra på det mesta efter att deras hus slogs i spillror.

De tog av sig ytterkläderna och skorna, tog två steg mot köksdörren och sekunden senare stirrade de bägge två rakt in i mynningen på en revolver.

En kopia av Håkan, fast med kortare hår och mer muskler, beordrade dem på engelska att sätta sig på kökssoffan, som stod närmast fönstret Själv satte han sig på en stol på andra sidan köksbordet, en mer skuggig plats som skulle vara svårare att se utifrån om någon råkade snegla mot fönstret.

-Stefan? frågade Birgitta skärrat.

-Vafan! utbrast Berndt.

Bägge två skakade av rädsla och mannen på andra sidan bordet skrek "håll käften", fast på sitt eget språk, och fortsatte sikta mot dem med revolvern.

-Nu är det jag som ska prata, sade han. Ni övergav mig för femtio år sedan när jag var bara några månader gammal. Ni lämnade mig till en familj där jag under hela min uppväxt misshandlades både fysiskt och psykiskt. Jag gick miste om allt som Håkan fått under sin uppväxt och fick desto mer av lidande. Innan jag dödar er vill jag veta varför. Varför?

Berndt och Birgitta stirrade på varandra.

-Vi var lyckliga över att få barn, började Birgitta med darr på rösten. Vi var jättelyckliga. Men vi insåg alldeles för sent att det var tvillingar. Vi var bara dryga tjugo år gamla och vi hade inte råd med mer än ett barn. Vi var tvungna att adoptera bort en av er. Vi hade inte råd med mer än en av er. Det råkade bli du, och vi visste inte att de skulle flytta till Amerika efter adoptionen, hade vi vetat det så hade vi aldrig låtit dem adoptera dig. Vi trodde att de skulle bo kvar i Trollhättan så vi kunde träffa dig under din uppväxt. Snälla du, kan du förlåta oss? Snälla du?

Det lät som om hon övat in talet sedan länge, eller som att hon åtminstone varit förberedd på mötet med Stefan. Eller Steven som han tydligen hette nu. Berndt satt tyst och tittade ner i bordet.

Det här förklarade i alla fall för dem varför Håkans DNA hittats på flera platser och varför grannar trott sig se Håkan gå runt deras hus innan explosionen. Håkan och Steven var enäggstvillingar, de hade alltså exakt samma DNA och inga andra skillnader i utseende än yttre påverkan som träning, väder och vind. Det var alltså Stevens blod som polisen hittat, och det var Steven som grannarna sett. Inte Håkan.

-Nej, jag kan inte förlåta er. Och ni ska få lida innan vi tar avsked igen, så som jag fått lida under min uppväxt. Vi börjar med det psykiska. Känner ni någon som heter Lena?

-Ja, det var Håkans fru. Tills hon försvann, jag tror det var i augusti 2005, svarade Berndt.

-Ja det stämmer, fyllde Birgitta i. Och hon dödförklarades förra året. Håkan ansökte om det till Skatteverket eftersom hon varit borta så länge och varken hon eller hennes kropp hade hittats på tio år.

Bägge två tänkte samma sak. De måste försöka dra ut på det här så länge som möjligt. Men skulle de klara nästan två timmar till? Gösta skulle komma vid 15-tiden och klockan var nu omkring 13:10.

-Vet ni var hon är? frågade Steven.

-Nej, svarade Birgitta, hon hittades som sagt aldrig…

-Jag vet var hon är. Hon lever. Och efter att jag dödat er, ska jag bege mig till stället där jag håller henne inlåst. Där ska jag leka slaktare, paketera henne i tio olika kartonger med julpapper runt och ställa utanför Håkans dörr på julaftonsmorgonen. Det blir som grädde på grädde för honom. Först Lenas försvinnande, dödförklaringen av henne, er död och sedan Lenas återkomst - i bitar. Och när han börjat komma över detta, om låt oss säga fem år, tio kanske, så ska jag ringa på ytterdörren och presentera mig för honom, sedan får han gå samma öde till mötes som ni två gör om en stund.

Det blev en lång lunch för Gösta. Han åt inte så mycket, bara en sallad, men han hade några ärenden att uträtta, och han kom inte tillbaka till kontoret förrän omkring klockan 13:30.

Han funderade på att åka till paret Lind som befann sig i Håkans hus lite tidigare än planerat. De skulle säkert inte ta illa upp. Men det kanske skulle vara dumt att komma alldeles för tidigt. Så han sorterade lite papper för att fördröja sig lite.

SOS Alarm fick i samma stund ett samtal om en brand i en öde hyresfastighet i utkanten av Trollhättan. Enligt inringaren skulle det tydligen brinna i en av lägenheterna högst upp.

Tre brandbilar skickades ut och fick snabbt branden under kontroll.

Fastighetsägaren blev också uppringd och ombedd att komma dit. Han var rätt nervös på telefon när SOS Alarm ringde, och desto mer nervös när han kom fram och såg att även polisen var där. Han var livrädd att det skulle komma ut att han hyrt ut huset för svarta pengar till den där skumma amerikanen i över elva år i utbyte mot en mindre summa kontanter och att amerikanen fick ta hand om en del underhåll av fastigheten.

Lika nervös var kvinnan i skyddsrummet när hon hörde ljudet av alla sirener utanför. Hon var säker på att de var alldeles precis i anslutning till huset, annars hade hon inte hört något av dem genom de tjocka väggarna.

-Varför gör du allt detta? frågade Berndt för att försöka vinna lite tid.

-Vi är ju trots allt dina riktiga föräldrar, fyllde Birgitta i. Vi älskade dig precis lika mycket som vi älskade Håkan. Men vi hade inte råd, du måste förstå, vi kan inte annat än att be om ursäkt…

-Håll käft! skrek Steven.

Sedan tog han fram en vass kniv och högg den rakt genom Berndts högra hand som var placerad på köksbordet av furu. Berndt skrek av smärta. Birgitta skrek också, men av rädsla. Steven sköt Birgitta i foten. Sedan skrek hon också av smärta.

Därefter lossade Steven Berndts hand från köksbordet och gav dem varsin tygbit att linda om sina skador med. Tygbitarna kom från ytterligare en skjorta han hade hittat i Håkans tvättstuga.

När klockan närmade sig 14:30 började Gösta åka från polisstationen mot Sandhem. Han visste att det inte skulle ta mer än tio minuter så han visste att han skulle komma lite för tidigt, kanske kvart i tre, och det kunde ju räknas till 15-tiden som han lovat paret Lind att han skulle dyka upp hemma i deras sons hus för att prata med dem.

Han funderade på att köpa med sig lite fikabröd till kaffet. Men han antog att de var som de flesta andra "äldre" som alltid redan hade fikabröd nära till hands.

När han parkerade längs gatan utanför Håkans hus lade han märke till en blå Ford som stod felparkerad längre fram på gatan, på tok för nära korsningen. Han gick fram till bilen för att ta sig en titt på den innan han gick in till Berndt och Birgitta.

Steven hade gett dem lite psykiskt lidande genom att berätta för dem om att Lena fortfarande lever efter att hon saknats i elva år. Samtidigt fick de dessutom veta att hon kommer att dödas strax efter att de själva dödats.

Medan Steven band fast dem med hjälp av rep i varsin fåtölj i vardagsrummet försökte Berndt förhandla med honom.

-Snälla Stef...Steven...skona Birgitta och Lena, allt är mitt fel, det var jag som övertygade Birgitta om att vi hade råd med bara ett barn, gör vad du vill med mig, plåga mig, döda mig, gör vad du känner att du måste, men låt kvinnorna leva.

-Knip igen glappkäften, skrek Steven medan han tog fram en dunk och började gälla bensin över Berndt och Birgitta. Allt är kanske ditt fel, men de vet för mycket, jag lämnar inga vittnen efter mig! fortsatte han.

Fastighetsägaren följde räddningsledaren och polispatrullen upp till lägenheten där det hade brunnit.

-Visst har det här huset stått tomt i många år även om det ser bebott ut utifrån med gardiner i fönstren och lampor som tänds och släcks med både jämna och ojämna mellanrum? frågade en av poliserna.

-Det stämmer, svarade fastighetsägaren och drog till med lögnen att det var timer på vissa lampor och någon gång per dag åkte han hit själv och tände eller släckte någon enstaka lampa bara för oregelbundenhetens skull. Han knöt ena näven i jackfickan och hoppades att de inte skulle vilja se källaren också. Då skulle de upptäcka att det fanns en inneboende i ett av rummen.

Själv kände han dock inte till att det i själva verket var två. Inte en.

-Ja då stämmer ryktet vi hört, kommenterade den andre polisen.

-Det verkar vara någon dumskalle som värmt pizza i stekpanna istället hör i ugnen och sedan glömt spisplattan påslagen, ropade räddningsledaren från köket.

-Då blir det genast anmälan om allmänfarlig vårdslöshet, sade den polis som frågat om huruvida huset var tomt eller ej. Och då är det automatiskt du som fastighetsägare som anmäls eftersom du nyss sade att ingen hyresgäst finns här, och det fanns inga tecken på inbrott heller. Dörren var låst när räddningstjänsten kom, de brytmärken som finns på dörrkarmen är deras.

-Kan du låsa upp källaren? frågade räddningsledaren.

-Varför? undrade Ralf, som fastighetsägaren hette.

-Kanske för att jag frågade och för att vi måste in där? fortsatte räddningsledaren.

Det verkade för Ralf att det var antagligen ingen idé att försöka protestera. Med långsamma steg gick han ner för trapporna mot källarplanet med räddningsledaren och två poliser bakom sig. Han suckade djup. Sedan låste han upp. Och han blev lika förvånad som alla de övriga på plats efter att de hade knäckt låsen till skyddsrummet. De hittade vad ingen av dem hade räknat med att hitta.

Gösta hade kikat in genom fönstren på den blå Forden men såg inget anmärkningsvärt i den. Den var välstädad, nästan pedantiskt ren. Så istället gick han mot Håkans hus, upp för den lilla grusgången och sedan de två trappstegen upp till ytterdörren och ringde på dörrklockan. Det var inte första gången han stod där och väntade på att någon skulle öppna, men förhoppningsvis den sista.

Inget svar, ingen som öppnade.

Hans telefon ringde i innerfickan. Han tog fram den och såg i displayen att det var patrullen som åkte på den där lägenhetsbranden som ringde. Han hade inte tid med det samtalet just nu så han tryckte bort det och satte telefonen i innerfickan igen. Sedan tryckte han på dörrklockans knapp igen.

När han hade hällt bensin på paret Lind och på golvet runt fåtöljerna där de satt så insåg han sitt fjärde misstag. Han hade inget att tända med.

Berndt och Birgitta var stela av skräck och fick inte fram ett ljud. Svetten forsade i pannan på Berndt och Birgitta kved och fick bara ur sig konstiga läten. Bägge hade dessutom rejält ont. Berndt i handen och Birgitta i foten.

Steven öppnade alla lådor i köket till att börja med. Han hittade en tändare. "För riskabelt med tändare om jag vill undvika brännskador på mig själv. Jag måste ha tändstickor..." tänkte han och gick ut i garaget för att söka vidare där.

När Gösta tryckte på dörrklockans knapp en andra gång reagerade han på att han inte hörde något ringljud inifrån. Inget "dingdong" som de första gångerna han var på besök. Antingen var den trasig eller urkopplad. Så han tryckte ned dörrhandtaget och klev in och direkt trycktes en stark doft av bensin rakt i ansiktet på honom. Han hörde någon jämra sig i vardagsrummet några meter bort och gick dit. Han blev smått chockad när han såg Berndt och Birgitta sitta fastbundna i fåtöljerna.

-Han...är...i...garaget, fick Birgitta ur sig.

För första gången på många år, bortsett från skjutträningen och det årliga skjutprovet, tog Gösta upp sitt tjänstevapen ur dess hölster, osäkrade det och gick mot garaget.

-Vad hände? Fick du inget svar? frågade Gunnar, en av poliserna vid lägenhetsbranden.

-Gösta tryckte bort samtalet. Säkert upptagen eller på lunch. Jag försöker om en stund igen om han inte ringer tillbaka, svarade den andre polisen som hette Bertil.

-Det här är så sjukt sade Gunnar.

-Ja, skulle den kvinnan verkligen kunna vara den där Lena som vi sökte efter för över tio år sedan? frågade Bertil med ett skeptiskt ansiktsuttryck.

-Jag vet inte, det känns skumt. Nåja, Gösta får ta det på sitt bord, nu är hon i alla fall på väg till NÄL för att undersökas. Det behövs nog en rejäl hälsokontroll om hon suttit i ett skyddsrum så länge. Och hon inbillade ju sig även att det var hennes mans tvillingbror som hade hållit henne fången. Du vet, han som sitter anhållen för mordet på kommunalrådet.

-Du menar Håkan Lind?

-Ja precis! Han har ju inga syskon, jag har läst utredningen, han var enda barnet i familjen står det där.

Gösta smög på lätta fötter genom köket. Dörren mellan köket och tvättstugan var stängd men han hörde att någon befann sig på andra sidan. Det lät som om personen rotade i något. Han hade inte lång tid på sig.

I all hast formulerade han ett sms till patrullen. "Kom snabbt. Skarpt läge. Larma samtliga enheter och tre ambulanser." Han avslutade sitt sms med adressen till huset och lade snabbt tillbaka telefonen i innerfickan.

Precis när han gjort det så öppnades dörren från tvättstugan.

Gösta höjde sitt vapen och skrek "Stopp! Polis!".

Steven famlade efter sitt vapen som han för tillfället hade fäst mellan ett bälte i overallen och ländryggen.

"Fram med händerna så jag ser dem" skrek Gösta och avfyrade ett varningsskott i taket.

Steven lydde inte och två sekunder senare sköts han i ena låret. Han skrek av smärta medan Gösta snabbt satte på honom handfängsel med samma rutin som andra människor tar på sig strumporna.

Han säkrade den revolver Steven hade haft med sig och när han tände belysningen och såg Steven i ansiktet. En exakt kopia av Håkan. Nästan. Det var bara det att Håkan hade mindre muskler samt mer hår och mer begynnande ölmage.

-Vafan, sade Gösta. Vad i helvete…

Några minuter senare anlände några polisbilar samt de tre ambulanserna som strax lämnade platsen med både Steven, Berndt och Birgitta, med skillnaden att i Stevens ambulans medföljde en polis samt en eskorterande polisbil, bara utifall att.

Nu förstod Gösta vad det var Berndt och Birgitta skulle berätta och varför de litade så mycket på Håkans oskuld att de självmant till och med flyttat in hos honom.

Någon timme senare släpptes Håkan ur arresten, friad från alla misstankar. Fredrik. som nu slapp socialtjänstens jourhem mötte upp honom i polishusets reception och de fick skjuts till NÄL för att träffa Berndt och Birgitta som precis fått varsin mindre operation i hand och fot.

Sedan kom den stora överraskningen som höll på att få dem alla att tuppa av.

Gösta kom in i rummet och bad dem komma ut i korridoren på den av sjukhusets avdelningar som de befann sig. Han pekade på en dörr till en sal längre bort i korridoren.

-Vem ligger här inne? frågade han och såg ut som om det var något lurt på gång.

-Hur ska jag veta det? frågade Håkan.

-Gå in och titta, sade Gösta.

Håkan tvekade ett par sekunder och gick sedan in.

EPILOG

Det hade nu gått 17 dagar sedan de åter träffats på sjukhuset efter att ha varit ifrån varandra i över elva år. Mer än 4000 dagar. Närmare bestämt 11 år, 3 månader och 9 dagar. Sammanlagt 4119 dagar.

Det var en sorg när hon var försvann.

Chocken över att hon var tillbaka var lika stor som sorgen var den dagen hon försvann och det var lite trevande just nu för att hitta tillbaka till varandra. De sov fortfarande i olika rum, men hade umgåtts hela dagarna sedan de återförenades. Hela familjen.

Och de hade pratat mycket om allt de gått igenom under åren.

Lena hade förmodligen en lång tid av terapi att vänta sig, men de skulle även gå i familjeterapi.

De ville fortfarande leva ihop, men det var många trådar att knyta ihop nu innan de kunde göra det fullt ut.

Håkan kände sig dock trygg i att Lena fortfarande ville bygga vidare på vad det hade. Och Lena kände sig trygg i att Håkan inte ens sett åt en annan kvinna under tiden hon varit borta. Och Fredrik kände sig trygg i att mamma var tillbaka. Tiden hon varit borta kunde han aldrig få tillbaka, men den tiden som fanns framför dem ville han att de skulle ta vara på. Tillsammans.

Husets hade sanerats på bara några dagar från all bensin och blodspår. Under tiden bodde de på vandrarhem. I Trollhättan.

Berndt stod vid spisen och gjorde i ordning det sista av julmaten. Birgitta kunde inte göra särskilt mycket från rullstolen hon satt i, men hon var inte sen med att plåga Berndt genom att placera den så nära köksbänken som möjligt och noga instruera honom om exakt vad han skulle göra.

Lena ville se "Kalle Ankas julafton" tillsammans med Fredrik. Fredrik kände sig för gammal för det, men å andra sidan hade de inte haft chansen att göra det tillsammans under hela hans barndom, så han protesterade inte. Innerst inne tyckte han bara att det var väldigt mysigt. Han lade sig i TV-soffan med huvudet i sin mammas knä och hon smekte honom i håret, precis som han mindes att hon gjort när han var liten. Det var egentligen det enda minnet han hade av henne från småbarnsåren.

Så fort TV-programmet slutade ropade Bernt och Birgitta från köket.

-God jul, allihop! Maten är klar! Vi får skynda oss att äta innan tomten kommer.

-Men var är pappa? frågade Fredrik när de satte sig vid köksbordet.

-Han kommer snart, han är bara och köper tidningen, sade Lena.

-Men… det är väl ingen affär öppen nu? På julafton?

Håkan missade såklart jultomten och under kvällen flyttade Trassel och Tingeling in. De var familjens två nya marsvin.

Efter nyår var Berndts och Birgittas hus renoverat till nästan hälften och de skulle förmodligen kunna flytta in igen i slutet på januari. Fram till dess bodde de hos Håkan och Lena. De fysiska såren hade börjat läka ihop ganska bra.

Steven hamnade senare på Kumlaanstalten, han dömdes till livstids fängelse för mord, mordförsök, grov misshandel, olaga frihetsberövande, olaga hot, häleri, narkotikabrott pga de receptbelagda läkemedel han hanterat samt penningtvätt.

Håkan och Lena kunde så småningom leva ett normalt liv tillsammans och deras förhållande var starkare än någonsin.